前田司郎

園児の血

実業之日本社

JN077932

実業之日本社文庫

目次

道徳の時間

吉沢英里子《よしざわえりこ》は大学を卒業し、地元の小学校で四年ほど教えた後、結婚し上京、今は品川区の小学校で教えている。

こうして教壇に立って生徒に対峙することにはもう馴れた。いつもシャツの袖にチョークがついていることにも馴れた。

夫の忠文《ただふみ》は大手家電機器メーカーの下請け企業で働いている。近頃はなぜか羽振りが良く、昔から夜遊びの多い方ではあったが、ここのところ度が過ぎる。

忠文は数日前、初めて朝帰りした。

英里子には友人と呼べる人物が近くに居なかった。高校時代の友人は皆、地元である水戸かその近郊に住んでいたし、大学時代の友人たちも、結婚し、子育てや仕事に忙しく連絡すらとっていない。

学校にも自分と同世代の女性教員は居なかった。

英里子は五年生を教えている。四年生から担任を受けもつこの生徒たちとは、無難に行けば卒業まで一緒かもしれない。

入学当時、七十人近く居たこの学年の生徒も、五年生に上がるころには五十数人に減っていた。

都会の学校は、引っ越しが多くて困る。

英里子はなんとなく都会に対してコンプレックスを持っていた。

以前、ＰＴＡの会合の帰りに、北村宗也《きたむらそうや》の母親と少し話をした。

「御出身はどちらなんですか？」

「あ、私は水戸の方です」

「水戸？　ああ、地方なんですね」

なぜわざわざ水戸が地方であることを言うのだろうか。しかも念を押すように言った。そこには、「やっぱり地方出身なんですね、そういう感じがしました」というニュアンスがこもっていた気がする。

そもそも英里子は北村宗也の母親が苦手であった。

毛皮のコートなんて、娼婦が着るものだわ。

北村宗也の母親は英里子と同じ歳だ。英里子も身綺麗にしてはいるが、綺麗な花と、綺麗な芋くらいの差を、英里子は、北村宗也の母親と自分との間に感じていた。

北村宗也の母親はとても母親に見えなかった。母親とは何かしらを犠牲にして成立するものだと英里子は思っていたが、北村宗也の母親は何も犠牲にしていないように見えた。

家事は全てハウスキーパーがやっているという噂があった。

英里子には子が無かった。夫はそのことで何か英里子のことを怨んでいるように、英里子は思っていた。

忠文さんは私を出来損ないのように思ってるんじゃないかしら。結婚した六年前と、今とでは扱いが違うような気がする。そりゃ六年前のことなんて正確に覚えてるわけじゃないけど。

例えば偶然目が合って、その視線を切る。その切り方が昔と違う。

目が合ったとき、微笑むまではいかないまでも、その萌芽《ほうが》のような表情を見せ、名残惜しそうに私の視線に、自らの視線を絡ませながら、それを優しくほぐし解くように視線を離したものだ。今はまるでハサミで、しかも黒い鉄の大きな裁ちバサミで視線を切ってみせる。

そしてそのまま夫はそっぽを向くのだ。道路に貼り付いた見知らぬ他人の痰《たん》を見て、「ああ、嫌なものを見た」と視線を逸らすように。

いや、それは言いすぎだわ。

英里子は自分で自分の想像を否定して、どうにか自分を慰める。

でもあの時はそうだった。夫が朝帰りしたときの態度を思い出す。鍵を開ける音がして、英里子は急いで、しかし音を立てずに玄関に移動して、まるでそこに何時間も立っていたかのように、立った。

ドアが開くと忠文は、英里子を見て目を見開いた。それは生物的な反射で、忠文の意思ではないだろう。純粋に驚いたのに違いない。

英里子はそのあと彼の表情がどう変るか、ゾクゾクして待った。

相手の出方によっては可愛く叱ってやる選択肢もまだ残していた。「もう」などと言って厳しくしかしどこか甘やかな表情を作って「嫉妬からとかじゃなくて、帰りが遅いのを本当に心配していたから、怒っているんだ」という雰囲気を見せて忠文の胸に飛び込み、両手で彼の胸を叩き、そのまましおらしく泣いて、忠文は優しく英里子を抱きしめ、「ごめん、断り切れなくて。もうこんなこと絶対しないから」と言い、顎の下から忠文を見上げる英里子の瞳を覗き込みそのまま酒臭い唇を重ねてくる、というところまでは想像していた。

ああ、夢よ。想像よ。それらは、いつも現実から、一歩ずれている。想像する先が遠くなればなるほど、最初のその一歩のずれは距離に応じて次第に大きくなる。

忠文の最初の行動も、英里子の想像からやっぱり一歩ずれていた。彼は無言で英里子から目を逸らし、なんと、靴紐を解きだした。靴紐をだ。英里子はそれでも想像通りやるつもりだった。想像から、これ以上現実がずれていかないように、丁寧に。

妻を無視した。忠文は、悪いとは思っていた。

「しかし」と思う。

連絡しなかったのは悪かったが、そんなこと出来る状態じゃなかった。上司と部下に挟まれ、忠文は真ん中の役職だ。上司と部下は直接会話しない。それほど親しくないのだ。

忠文が間に入るしかない。さらに面倒なことに店の女の子もまた忠文と一番親しかった。

忠文が手を抜けば、座はバラバラになる。

忠文の部下は、忠文にしかわからない話をする。忠文はそれを上司や女の子にもわかるように注釈する。

忠文の上司は、忠文にもよくわからない自分の昔の自慢話をしたりする。忠文はそれに上手く相槌を打ち、話を上手に逸らさないといけない。女の子は上司の話を聞いているときに明らかに興味のない様子をするのだった。

このことを全部、妻に説明すれば、もしかしたらわかってくれるかもしれない。しかし、それも何か言い訳をするみたいで嫌だった。

何に対する言い訳か？　朝帰りの言い訳ではあるが、忠文はまた店の女の子がお気に入りなのだ。向こうもまんざらじゃないという感触を得ていたから、それに対してはちょっと後ろめたくも思っていた、妻に。

そんな状況だったから、家に帰って玄関に英里子が立っているのを見て、イラッとしてしまった。苛立ちを表に出してしまうのが恐くて、慌てて目線を落として靴紐を解くのだ。

英里子にとって救いだったのは、忠文の靴紐がなかなか解けないことだった。蝶々結びの羽の部分に当たる輪っかに、先端が入り込んでしまった状態で紐の先端を引っ張ったものだから、固く結ばれたのだ。

その固い結び目を爪の先で解さないといけないのに、酔っているからかそれが難しい。

イライラした様子で、靴紐を結んだまま靴を脱ごうとするが脱げず、結局再び細かい作業をしないといけない苛立ちを感じながら、靴の結び目を解いている。

動揺していらっしゃる。

英里子は心の中で微笑み、気持ちを少し落ち着かせた。

忠文さんとて、完全に私を無視出来ていないんだわ。

靴紐を解き終えた忠文は、英里子の脇を抜け無言で居間に入ろうとする。慌てて英里子は小股で二、三歩移動して忠文の前に立ちはだかった。

向かい合う形で、忠文は止まり、一つ小さな溜息をつく。酒臭かった。

再び二人の目が合う。沈黙。どちらも目を逸らさない。

「何かないの？」

震える声で英里子はそう言った。声が上手く震えてくれたのは良かった。

一八三センチの高さから見下ろす忠文。一五四センチの英里子はほとんど真上を見るように忠文の目を見た。身体が触れそうなほど近い。

目が合っていたのはきっと一秒にも満たないだろう。

忠文は英里子との視線を切った。体の中の太い腱が突然切れたかのような、強い驚きと衝撃を英里子は感じた。

あの時の衝撃を、薄めたような、そんな感覚を今、英里子は感じている。

五年二組の教室。十月十三日、道徳の時間。北村宗也は英里子から視線を外した。

教室での教師は絶対の権力を持っている。少なくとも英里子はそれを維持するのが教師の仕事の一つだと思っている。

教師に睨まれた子供は、恐ろしさに目線を落とす。強がって睨み返したとしても、瞳の奥には、瞳孔《どうこう》を一杯に広げた猫の、恐怖から来る攻撃性のようなものが宿っているにすぎない。

宗也は、鼻で笑うように視線を斜め上に外した。

バカにしてるんだわ。

英里子は腹の底から湧きあがって来るものを感じた。

クラスの女子たちは、宗也のその態度に胸をトキメかせ、男子たちは羨望と嫉妬の眼差しを送った。

そんな時、教師は舞台装置の一つにすぎない。英雄を英雄たらしめるためだけにある装置。

英里子は許せなかった。

宗也は綺麗な顔をしていた。母親ゆずりの目、日本人形のように切れ長で、名人が作ったように美しかった。服は流行のブランドものを着せられ、それを自慢しているようなところがあって、小憎らしかった。勉強もできて、社交的であったから、さぞかし女子から好かれるだろうと思うが、表向きはそうでもなかった。

表面的にはセッチョと呼ばれる男子が一番、人気があった。

セッチョ、関智一《せきともかず》はクラスで一番背が高く、顔もまあまあ良く、足もそこそこ速い。勉強も出来る方で、会話も際立って面白いことを言うわけでもないが、そつなくこなす。

大半の女生徒は彼のことが好きらしかった。

ただ英里子の見立てでは、クラスの大人びた女子たちのほとんどは、宗也のことを好いている。関はカムフラージュに使われているにすぎない。

関は映画の登場人物であったなら、決して主人公になれないタイプだった。ちょっと高級なスーパーマーケットで売っているパンのようなもので、確かに美味しいが、際立った個性は無く、街の美味しいパン屋のパンには決して勝てない。関はそういう男だ。

英里子は関が好きだった。御しやすい。こちらの想像を超えて来ない。

全部、関くんみたいだったら楽なのに。

不敵に視線を逸らす宗也を見て英里子は考えた。

「北村くん」

英里子は宗也の名を呼んだ。

「はい、なんですか？」

宗也はとぼけた様子で返す。数人の女子と、雨村義男《あめむらよしお》と、それから飯田淳《いいだじゅん》が笑った。

先生、誰が笑ったか覚えているからね。

英里子は笑った子供に印をつけるように、一人一人の目にゆっくり視線を合わせた。

笑いは自然に消える。

「篠田洋子《しのだようこ》さんに浣腸したのは誰ですか？」

英里子は威厳を持って強い調子で言った。宗也が篠田洋子に浣腸したのは自明《じめい》のことだった。英里子は密告者からの証言を得ていた。

「僕じゃありません」

宗也は英里子の目を見てそう言った。

英里子も宗也を見つめ返す。睨み合いになった。

ニヤニヤ笑って聞いていた子たちは、ニヤニヤ笑うのをやめた。

「浣腸したのは誰か?」という問に対して「僕じゃありません」という答はいささかちぐはぐであった。

英里子の問いかけは「浣腸したのは誰? あなたでしょ?」と決めつけるような口調ではあったが、「僕じゃありません」という宗也の答え方は、どこか虚勢を張ったように聞こえた。

その虚勢が英里子を苛立たせたことを、生徒たちは敏感に感じ取っていた。

音も光も無い信号が生徒たちの間に走るのが見える気がする。「先生が破裂しそうだ」「これ以上波風を立てるな」そんな信号が駆け巡る。

生徒たち一人一人がそれぞれ一個の細胞で、教室に居る全ての生徒を合わせて一個の生命体のように見えることがある。

私がその生命体の脳にならなければならない。この教室の中で大人の分別と、知識を持ているのは私だけなのだ。英里子はそう思った。

英里子は大人と子供の間に何か決定的な違いがあると信じて疑わない。

窓の外からは笑い声が聞こえる。遠くに。子供たちの甲高い話し声と一緒に。

五年二組の教室は二階にある。窓の下には小さな菜園があって三年生たちはそこでジャガイモを育てている。理科の授業中なのだろう。

今の時間だと籾山《もみやま》先生かしら。

籾山先生のクラスは子供たちが生き生きしていると評判だ。籾山先生は生徒から慕われているようだった。籾山先生は歳に似合わぬ白髪に銀縁眼鏡をかけた笑顔の優しい男性である。

英里子とは馬が合わなかった。

籾山先生は夢想家だ。この世には正しいことがあり、正しい行いをした者が、幸せになれると信じているようだった。

そんな考え方が垣間見えるとき、英里子にはどうにも彼が許せなかった。

この世に正しいことなど無い。正しいと決めることは出来ても、何かを正しいと決めることは正しくない。

言葉にすると矛盾して聞こえるが、英里子にはそれが真理のように思えた。正しさなんてものは人間が決めること、絶対的な正しさなんて無いんだということを子供たちに伝えたくて教師の道を選んだのではないか、と思うこともあったが、本当はただ流されて教師になった。

英里子は自分が教師に向いていないと、今さらながらに思う。自分は籾山先生のように清く明るく正しさを信じることが出来ない。正しさを妄信出来る人間だけが、正しさを見ることが出来るのではないだろうか。心のどこかでそうも思っていた。

本人以外は誰も知らない事実であるが、籾山先生は小児性愛者であった。十歳前後の女児を性的な対象として見ている。しかし彼は英里子の考えるような夢想家であり、正しい行いをする者こそ幸福であると信じていた。籾山は実際の女児に何かをしたことは無い。いつもただ想像するだけだった。彼は自分の性的な嗜好を神から与えられた試練のように感じていた。その試練に立ち向かうこと。それが特定の神を持たない籾山にとっての信仰であった。

英里子が籾山のこの性的嗜好を知れば、彼のことをいくらか好きになったかもしれない。

籾山の清廉《せいれん》さは、彼が神から受けた試練、即《すなわ》ち小児性愛という性癖ゆえに鍛えられたのだった。そしてそれは硬く強いがゆえに脆《もろ》いのだ。

籾山の話はもう良い。

菜園からの笑い声が遠くに聞こえる五年二組の教室で一人、恥辱に耐える小さな魂があった。

篠田洋子である。

篠田洋子は背が高い。「デッカ」とか、「巨人」とか、「壁」とか呼ばれていた。それは最初男子からだけであったが、そのうち女子の中の何人かも彼女のことをそう呼ぶようになった。

洋子が美しい子供であったからだろう。

男の子供たちは性的欲求と、攻撃欲の区別がつかないようで、もしくは、その二つの欲望は最初から未分化なのかもしれない。とにかく美しいものを見ると攻撃を試みるのだった。攻撃し、相手を打ち倒せばその肉が手に入るとでも思っているかのように。

女の子供たちもまた、飛び抜けて美しいものを攻撃したがった。彼女たちは自分たちで線を引き小さな円を作る。その円環の外に飛び出ようとするもの、はじめから飛び出ているものを攻撃し、全てを円の中に収めようとする習性があるようだった。

欲しいものを攻撃すること、現状を維持し突飛なものを作らないこと、これらは動物に近い欲望なのだろうか。

子供たちの村では、人間の野生が今も剝き出しになっている。英里子はその村の長だ。野生を社会に順応させる仕事。鞭を持たねば、食い殺される。

篠田洋子は村の異端だった。彼女の容姿は美しく、性格は内向的で大人しい。容姿の美しさが表だって認められていれば、彼女の内向きな性格も違っていたかもしれない。

彼女の家庭は貧しかった。

この学校に通う生徒たちは大抵、経済的に中の上、もしくは上の下辺りの家庭の子女であったが、篠田洋子の家庭は下の中辺りであった。洋子は三着ほどの服を着回していたし、持ち物はほとんど全てが親戚のお下がりか、もしくは母親のお手製であった。

つまり身にまとっているものが、子供たちからすると美しくなかった。

男女ともに四年生辺りから、服装のことを気にし始める。女子たちはずっと早くからそういうことに敏感だ。五年生の今が一番そういうことに関心があり、服装が容姿の判断基準となる。特に女子たちの間ではそうだ。男子の中には半ズボンにランニングの者も散見され、そういう男子は大抵卒業するまでそのままだ。

篠田洋子の美しさには皆気付いてはいたが、この小さな社会の文法に照らすと彼女は美しくなかった。

洋子は自分が美しくないと思い込み、どんどん委縮していった。身長が伸びるのと比例して猫背になっていく。この二年で彼女の身長は一気に伸びた。服はいつもサイズが足りなかった。

英里子は洋子のことを醒めた目で見ていた。今、辛そうにしているが、どうせ大人になれば周りからチヤホヤされるのだ。せめて子供の間くらいは蔑まれる気持ちも味わっておいた方がよい。そう思っていた。

「先生、もう浣腸はするなって言ったよね？　ねえ？」

生徒たちは何も言わない。英里子の様子をうかがっている。

「篠田さんに浣腸したのは誰ですか？」

英里子はもう一度、尋ねた

＊

浣腸が流行ったのは四年生の一学期が最初だった。

浣腸と言っても、直腸に薬液を注入するわけではない。両手の平を合わせ、二本の人差し指を突き立てる。子どもによっては中指を立てる者もあるが少数派である。標的の後ろから近づき、「かんちょー」と叫びながら、その二本の指を相手の肛門辺りに突き刺す行為のことを言う。

「かんちょー」と発声するとき「かん」にアクセントを置く一群と、「ちょー」にアクセントを置く一群があり、「かん」にアクセントを置く方が大多数であり、時間が経つと全員が「かん」にアクセントを置くようになった。

浣腸は一度流行りだすと広がっていく。

やられた者がやり返し、やり返された者がまたやり返す、その報復の輪が波紋《はもん》のように広がっていく。報復をし合うだけであるならば、二人の子供の間で浣腸が繰り返されるだけであるはずだ。ところが浣腸には攻撃的な意味だけでなく、友愛の意味もこもっている。

浣腸をし合う間柄に絆のようなものを感じるようだ。

実際、北村宗也はクラスで一番浣腸をされた。これは彼の人気を示す。また宗也に心酔する雨村義男や飯田淳のような子供が宗也に浣腸した奴に浣腸をし返すことで、宗也に忠誠を示すようなこともあった。

このようにして浣腸は網の目のようにクラスの男子に広がっていった。その網の外にいた数人の男子は大きな疎外感を感じた。例えば丸田茂《まるたしげる》という大人びた少年は四年生の流行の間一度も浣腸されなかった。


鼻毛と呼ばれる男子がいる。伊勢崎良太《いせざきりょうた》が彼の本名であるが、クラスの全員が彼のことを鼻毛と呼ぶか、もしくは彼の名を呼んだことがないかのどちらかだった。

良太は確かにいつも鼻毛が出ていた。背はクラスで一番小さく、体の線も細かった。顔には愛嬌があり、強く硬そうな髪の毛がみっしり生えている。遊びの輪になかなか入れず、他の子たちが遊ぶ様を遠巻きに眺めてニコニコしているような子であった。

お腹が弱く、三年生の二学期と、四年生の春の写生大会の時と二回、大便を漏《も》らしている。

四年生の一学期に一度、鼻毛を抜きすぎて授業中に大量の鼻血を出して以来、鼻毛が出ていることに関しては諦めたようだった。今は出しっぱなしにしてある。女子たちは鼻毛のことを馬鹿にしていて、誰かの出来の悪い弟を見るような目で見ていた。鼻毛は蔑まれていた。

鼻毛に浣腸する者は無かった。鼻毛の孤立は丸田茂の孤立とは少し違っていた。丸田は浣腸されたことは無かったが、蔑まれるようなことは無かったし、どちらかというと一目置かれていた。

鼻毛は腫れ物のように扱われた。鼻毛に浣腸をすれば弱い者いじめをしているように受け取られかねない。鼻毛は浣腸して欲しかった。鼻毛から誰かに浣腸するようなことも無かった。そんなことをすれば、自分がますます孤立することを予感していたのだろう。

四年生の浣腸の流行の中で鼻毛は孤立感を強めていた。

休み時間には三種類ある。五分の休憩、二十分の休憩、四十五分の昼休憩だ。

二十分の休憩は一回しかない。二時間目と三時間目の間だ。宗也と雨村と飯田は二十分の休みにゴムのボールとプラスチックのバットで野球をする。一人が投げ、一人が打ち、一人が守る。守るのはつまりボール拾いである。

宗也はルールを決め、三人が出来るだけ平等にローテーションするように考えた。こういうところで権力を使って自分ばかり守りをまぬがれ続ければ、下からの突き上げに遭い没落することをよく心得ていた。進んで守りのポジションを長めにやったりした。

鼻毛は二十分の休みの間は教室に居ることが多かったが、教室では女子たちがお喋りをしている。鳥飼良枝《とりかいよしえ》をリーダーとするグループは、教室でお喋りしていることが多かった。

良枝たちは、いつも教室の端で何をするでもなくぼんやり中休みを過ごす鼻毛を哀れに思って、話しかけた。

「ねえ鼻毛、何してんの？」

「何にもしてない」

「一緒に遊ぶ？」

鳥飼がそう言うと、周りの女子が笑う。

それは鼻毛のプライドをいたく傷つけた。

同い年の女子から哀れみをかけられるなんて屈辱だった。無視してくれた方が良い。鼻毛は鳥飼に対して、ほのかな恋心を抱いていたのだった。鼻毛は恋多き少年で、綺麗な女子は全員好きだった。

鼻毛は中休みの間、外に出るようになった。

校庭のネットに寄りかかって、宗也たちの野球を見るようになった。ボールが守りの頭を超えて、こちらに飛んでくると、拾って投げ返した。

宗也たちは、鼻毛を仲間に入れてやりたかったが、鼻毛と仲が良いということが格好悪いと感じた。

鼻毛は毎日のようにやって来る。段々積極的に球拾いをするようになった。

宗也たちには罪悪感が湧いてくる。

鼻毛が来るのを疎ましく感じ始めた。三人は野球をしていても楽しくなかった。野球をやめたいと三人とも考えていたが、言葉にすることが出来ず、思いを共有出来ないまま野球を続けていた。

一生懸命ボールを拾って、出来るだけ丁寧に正確にピッチャーに投げて渡す鼻毛を見ていると、どんどん悲しい気持ちになってくる。

ある時、飯田の打ったボールを守りついていた宗也が後逸《こういつ》した。そういうボールは鼻毛が拾うのだったが、宗也はもう鼻毛にボールを拾わせたくないと感じ、全速力でボールを追った。

足の速い宗也であったが、転がるボールには勝てない。ボールは鼻毛の方に勢いよく転がっていく。宗也は追いかける。鼻毛はボールを迎え入れる体勢に入っていた。宗也は鼻毛に取らせまいと、ボールに向かってなおも走る。さらにスピードを上げる。向かってくる宗也を見て鼻毛は、スッと身を引いたのだった。「ごめんなさい」そう言っているようだった。

宗也は立ち止まる。

ボールは校庭を囲む鋼のフェンスに当たり、勢いを失い、窪みにはまって止まった。

宗也はボールに近づき、拾って、雨村に投げ返した。

その間、一度も鼻毛を見れなかった。

強い罪悪感と、悲壮感が宗也を襲った。自分が矮小に思えた。体の後ろに鼻毛の存在を感じる。きっとうなだれているに違いない。宗也は、その場に立っていた。息が切れている。

雨村が巨人軍の北本投手の真似をして投げる。飯田は空振りし、後ろの壁にぶつかって転がってしまったボールを拾いに行く。

宗也は校舎の時計を見る振りをして鼻毛を見た。

鼻毛はフェンスに手をかけて外を見ていた。ついさっきまで鼻毛は宗也たちの輪の中にいたが、同じ場所にいても今は輪の外にいる。

宗也はどうして良いかわからなくなった。取り返しのつかないことをしたような気がする。わけもわからず走り出した。

足音に鼻毛が振り返る、その瞬間。

「かんちょう」

宗也は鼻毛の尻に思い切り浣腸した。

「ぎ、ぐ」

鼻毛は驚いて尻を押さえ、こちらを向いた。

「くっせー」

宗也は人差し指の匂いを嗅ぐ仕草をして言う。

鼻毛は驚いた顔をしていた。宗也はそれを見て少し笑って、元の守備位置に戻るべく歩き出した。

「かんちょう」

尻の穴に衝撃が走る。

振り返ると鼻毛は不安そうに笑っている。

加減を知らない鼻毛の浣腸はとても痛くて、怒った宗也は鼻毛の尻を蹴った。それでも鼻毛は嬉しかった。

四年生のこの日から五年生の今まで鼻毛は宗也たちのグループの一員として認識されるようになり、三人の誕生日会にも呼ばれるようになった。


浣腸の流行はいつも教師によって終止符を打たれる。

大抵の場合、誰かから告発があり、問題が明るみに出る。その後、教師が浣腸を禁止し、それで簡単に流行は収束に向かう。皆、嫌なのだ。浣腸されるのが。本当に痛いから。

四年の一学期の流行も英里子による禁止令で、すぐに収束した。もう四年生の間は、問題になるほどの流行はしなかった。

五年の夏休み明けから再び始まった流行は、四年生の時とは違う様相を呈していた。

標的が男子だけでなく女子にも広がり、徐々に女子に限定されていった。

女子からの報復として、傘の柄の？型に曲がった部分を、後ろから男子の股間に突っ込み強く引くという非情な攻撃があったが、雨の日にしか使えないので、すぐに収まった。

運動が得意で快活な灰田絵里《はいだえり》が、男子の正面に立ちいきなり股間を蹴るという報復を考え、活発な女子たちがその方法を取り入れ始めた。これに対し男子は股間を蹴ってきた女子に対して「チンコ触った、エロい」と言うようになる。女子はこの精神的な攻撃に屈する形で、報復行為を封じ込められてしまったのだった。

なお、女子が男子に浣腸することはほとんど起こらなかった。この年代は女子の方が総じてエレガントだった。

かくして、浣腸は男子から女子にする行為になっていた。

その一番の標的が篠田洋子であった。

洋子は大抵スカートを穿いている。ズボンも一本持っていたが、サイズが合わなくなっていた。スカートも去年の物をまだ穿いているので大分丈が短い。

男子たちは最初、灰田絵里のような活発な女子を標的としていたが、浣腸をされた灰田の反応は男子と変わらなかった。怒って反撃する。そのまま灰田に倒されるような男子も居て、彼らの自尊心はいたく傷つくのだった。

また、ある種の女子は浣腸をされると泣き出した。

泣けば大ごとである。場合によっては大人が出てきて怒られる。結果として一番の仕返しは泣くことであった。

洋子は泣かなかった。怒ることもしない。耐えた。そのことが男子たちをいくつかの意味で喜ばせたのだった。

洋子は特に標的にされるようになった。

木曜日の三時間目のはじめ、理科室に移動するときだった。

篠田洋子はすでに標的にされ始めてから大分経っていたので、浣腸を警戒して出来るだけ男子に後ろを取られないように気を配っていた。しかし一日中警戒し続けられるわけもない。

洋子は高梨美奈《たかなしみな》と二人でお喋りをしながら廊下を歩いていた。

五年二組の教室は二階の北側の一番奥にあった。理科室は一階上にあり、階段は北と南に二つあるが、北の階段を上って理科室に向かう子たちが大半であった。

そちらの方が少しだけ近いのだ。

洋子と高梨美奈は北の階段を上らずに二階の廊下を南の方へ歩き出した。関はそれを目ざとく見つけた。

関は洋子に執拗に浣腸していた。あまりに執拗だと、自分が彼女に恋心を抱いていることを悟られてしまうため、他の女子にも適度に浣腸をする周到さが彼にはあった。

南に向かう洋子たちを見て関は、隣に居た丸田茂に向かって面白い顔をした。顔を中心に向けてくしゃくしゃにし、斜め上を向いて、顔の両脇に中途半端に開いた手を添え、微かに「ピュー」と言う。これが関のお得意で、これをやれば皆心から大笑いした時期もあったが、あまりに多用するので今はもう皆うんざりしていた。

丸田はそれを見て、愛想程度に微笑んだ。

丸田は関をそれほど評価していなかった。丸田は自分を賢いと思っている少年で、他の男子が間抜けに見えていた。

関のこういう記号的なヒョウキンさを小馬鹿にしていた。しかし、丸田は背も高くなく、顔も良くなかったので、女子からはそれほど評価されていない。人気者の関とも特に仲が良いわけではなかった。

関をどこかで小馬鹿にしていながら、今は人気者から相手にされたことにちょっとした栄光を感じていた。

関は真顔に戻り、丸田と視線を合わせ、丸田の視線を洋子たちの方に誘導した。そして大袈裟に、抜き足差し足で、洋子たちの後を追う。

丸田は自尊心と虚栄心の間で揺れていた。関の言いなりになりたくない心、そして、人気者の関と仲良くなりたい心。

丸田はその問題に決着をつけることが出来なかった。その問題を正しく認識出来なかったと言った方が正確かもしれない。

全く別の解を出すことで、問題をうやむやにした。つまり「俺はセッチョについていくわけじゃなく、篠田洋子の行動に興味があるのだ」と思い込むことにした。

四年二組の前を通り過ぎ、洋子たちは楽しそうにお喋りしている。二人は南の階段の窓から見えるポプラの木に取りつけた鳥の巣に、鳥が来ていないか見たかったのだ。二人は生物部という地味なクラブに所属していて、その活動として校内の木に巣箱をつけた。

ポプラの木には脚立に登って巣箱を取りつけた。その間、顧問の籾山先生はずっと脚立の下に立ち、それを押さえながらじっと見守ってくれていた。

その巣箱がちょうど南階段の二階と三階の踊り場の窓から見えるのだ。

洋子たちは階段を上っていった。

「お、あいつら上っていきやすぜ」

関は丸田に言った。

「うん」

丸田はどう返して良いかわからず、短くそう答えると、洋子たちの方を向くように目線で関に促す。

洋子たちは二階と三階の踊り場で立ち止まり、窓を覗いた。

明り取りの窓は少し高めに作られていたが、洋子はちょっと背伸びするだけで、窓の少し下にある鳥の巣を見ることが出来た。

美奈は、窓の縁《ふち》に手をやって身体を持ち上げるようにしていたが、鳥の巣箱は見えなかった。洋子が身長のことを気にしているのを知っていたので、見える振りをした。無用な気遣いであったが、洋子に身長が高いことを思い出させないであげたいという美奈なりの優しさだった。

美奈は、この美しい友人を誇りに思っていたし、自分だけのものにしたいと思っていた。

美奈は、窓を覗く振りをして、巣箱を覗き込む洋子の横顔を盗み見ていた。

「キャア、グ」

普段、物静かな洋子が声をあげる。腕に抱えていた教科書やノートが、少し遅れて缶の筆箱が落ち、固い床とぶつかって甲高い音をたてる。

洋子はお尻を押さえて、長い足を折り、床に座り込んでしまった。そのまま振り返る。

美奈も振り返った。

「かんっちょー」

関が手を浣腸の形にして、がに股でステップを踏んでいる。丸田は内股になってニヤニヤしていた。二人とも目は笑っていない。洋子の方を心配そうにうかがっている。

「ちょっと、何するの？」

美奈が大きめの声を出す。

「浣腸」

関が躍るのをやめて答えた。

洋子は尻を押さえたまま、座り込んでいる。壁の方を向いてしまっている。洋子が動かないので、三人とも黙ってしまった。

丸田は、関が洋子のスカートの中に手を入れて浣腸したのを見た。洋子の反応もいつもと違っていた。いつもだったら、痛みに耐えながら、すぐにお尻から手をどけて、抗議の視線を相手の胸倉に一瞬だけ送ると、その場から離れてしまう。今日は壁を向いたまま、動けないような様子だった。

関の指はお尻の穴よりももっと前の辺りに当たったのだ。それは洋子にとって本当に嫌な感触だった。

関はスカートの中に手を入れたかったが、それをしてはいけないとなんとなく思っていた。

男子たちはほぼ全員スカートの中に手を入れたかったが、ほぼ全員さすがにまずいと思っていた。

なぜまずいんだろう?

誰もその問に対しては答が見つけられなかった。ただ、やってはいけないような気がするのだ。それはほぼ全員の生徒の間で暗黙にして共通の認識だったから、誰もスカートの中に手を入れようとはしなかった。

それを関は丸田の目の前でやってのけた。

自分ではなくあの軽薄なセッチョが。悔しさと、羨ましさを丸田は出来るだけ見せないようにした。

このまま関だけに良い思いをさせたくない。何か対価を支払わせないと気がすまない。

「お前、スカートに手入れただろエロいぞ」

丸田は少し笑いを混ぜたような口調で関に言った。

美奈が「まさか」という顔をした。

洋子の肩が少し動いた。壁に向かって恥ずかしさと悔しさに耐えている。

関の心には荒波がたっていた。

自分でもわからなかった。故意にやったことなのか、事故なのか。入れたい意思はあったが、入れてはいけないという気持ちもあった。

結果入れたわけだが、それが入れたい意思ゆえのものか、単なる偶然か、入れたいという意思がその偶然を呼び込んだのか、判然としないのだった。

ただ、今のこの状況は非常にまずかった。ここの処理の仕方によっては、関の名は地に落ちるだろう。

一緒に居るのが丸田と高梨美奈というのもまずかった。丸田とはそれほど仲が良いわけではない。それに丸田は何を考えているのかわからない奴だった。美奈は完全に洋子の味方であるし、潔癖な性格であった。

「入れてない」と言い張るべきか、それとも「入れたけどそれがなんで悪いんだ?」という方向に持っていくべきか。関の逡巡《しゅんじゅん》には時間的な猶予《ゆうよ》が無い。すぐに答を出さないと状況は悪化していく。

今は四人とも黙っている。自分より先に美奈や丸田に発言させてはまずいと感じていた。

先に何か言わなければ。状況は瀬戸際にある。どう転ぶか、次の発言にかかっていた。

浣腸型に組んだ両手の平は汗でびっしょり湿っていた。関は重ねた人差し指を鼻の前に持ってきた。

「くっさー」

そう言って、指から顔を背け、がに股でステップを踏み、頬の筋肉を引き上げ笑顔の形を作ったが、笑ってはいなかった。

丸田は関のそういうヒョウキンさが嫌だった。それは偽物であり、戦略としてのヒョウキンさのように思えた。

丸田には出来なかった。ヒョウキンに振る舞った方が得だとわかっている状況でもなぜかそれが出来なかった。それが出来る関が羨ましいのだった。そして、ステップを踏む関を見てニヤニヤ笑うことしか出来ない自分が卑屈で嫌だった。

洋子がスッと立ち上がる。教科書などを拾い、壁の方を向いたまま、誰の顔を見ることもなく階段を上っていった。

美奈はかける言葉が見つからず、黙って洋子を追う。階段の上から関と丸田を睨みつけようとしたが、二人が恐くて、ただチラと見ることしか出来なかった。

踊り場に残された関と丸田は、ただ立っていた。

丸田はニヤニヤが少し残った自分の顔を素の状態に戻した。

関が重ねた二本の人差し指を自分の鼻のところに持っていく。鼻を鳴らす。

「くっせー」

もう一度言った。

その指を丸田の鼻の前に突き出す。

関の手は粘土みたいな匂いがした。

「くっせー」と言えばいいのだろう。しかし丸田は悲しい気持ちだった。何かとても悪い犯罪の片棒を担いだような、それなのに何も得られていないような、なんとも言えない嫌な気持ちだった。

関は少し違った。指先に残る感触。高鳴っている鼓動が、自分の中にあるワクワクした喜びのようなものの存在を物語っていた。そしてその喜びは取り返しのつかないことをしたという罪悪感を背負って、より強い力を得ていくようだった。背負った罪悪感を軽くするには歪んだユーモアで塗りつぶすしか思いつかない。

関はがに股でステップを踏み始めた。指先をもう一度丸田の前に持っていく。

「くさ」

丸田は言った。ヒョウキンになり切れない、中途半端な言い方だった。

関は指の先を丸田の鼻に押し付けようとした。丸田は身体を捻って避ける。関は笑って、それでも押し付けようとする。

「やめろよ」

丸田は笑いながら言った。

関もそれで勢いづいて、さらに押し付けようとする。丸田は壁際に押された。

踊り場の白い壁は背に冷たく、関の足が足に絡んできて気持ちが悪い。

「やーめろ」

丸田は笑いながら言って、少し強い力で関を押した。関はさらに体重を預けて、丸田の動きを封じようとする。指先を丸田の顔の前に持ってこようとする。

丸田は笑いながら強い力で関を押した。関がよろけて二人は離れる。

関はやめた。

二人は無理やり笑いながら、リノリウム張りの床に置いてあった教科書とノートを取ると、階段を一段飛ばしで上って、理科室に向かった。

それ以来、関と丸田は会話を交わしていない。


洋子に浣腸するときはスカートに手を入れても良い。

男子の間でそういう風潮になったのはこの事件の後からだった。関が洋子のスカートに手を入れたのを知っているのは、洋子本人の他には三人だけのはずだったが、なぜか事件のあった日の放課後から、そうなった。

実際には美奈が鳥飼良枝に事件のことを話したのを、数人の男子が耳にしたことが直接の原因ではあった。しかし彼らは申し合わせたわけでもないのに、次々に境界を越え始めた。

男子全員が境界線上にいた。一人がその境界を越えたとき、彼らは鋭い感性でそれを察知し、群れで境界を越え始めた。

男子が洋子のスカートに手を入れて浣腸しだしたことに、まともに意見出来る者は、男子も女子も含め一人もいなかった。

そのことに異を唱えることが、なぜ後ろめたさを伴うのか理解出来ないのだった。いや、理解は出来たとしても説明出来ない、頭の中で説明することは出来ても口に出来ない。そこは踏み入ることを禁じられた土地だった。

それが禁じられていることすら、口にしてはいけない。

男子たちの行為は、「その土地が禁じられていることすら僕たちは知らなかった」とシラを切ることで許されたように見えるのだ。

男子たちの間から「ちょっと酷《ひど》いからやめよう」という声は出なかった。全ての男子が、やっている本人たちですら、どこかで「これはまずい」と思っていたが、言えなかった。

女子たちも何も言えない。

言えばその行為の奥に性的な欲望が隠れていることを知っていることがばれてし

まうから。

ただ、「かわいそうだからやめなよ」などと遠巻きに言うしかなかった。

土日を挟んでも洋子に対する浣腸は収まらなかった。

火曜日に洋子はスカートの下にズボンを穿いてきた。小さくなって穿かなくなったものを引っ張りだしてきたのだった。しかし、ズボンはやはり小さすぎて、膝の裏が張って座ることすら難しかった。授業中ずっと我慢して座っていたが、両足が痺れた。午後になると身体が苦しくなり、気持ちが悪くなった。

水曜日からはまたいつものスカートになった。スカートは三種類持っている。一つはワンピースで、それはいくらか裾が長かった。とはいえ、膝の上辺りまでしかない。もはや防御にならなかった。

洋子は母親に新しい服を買うように訴えたが、理由を聞かれると答えられないのだった。

別の理由をつけて頼む方法もあったが、本当の理由を母にわかって欲しかった。そしてどうにかして欲しかった。ただ、本当の理由を母に知られるのは嫌だった。

洋子は混乱していた。自分がどうしたいのか、どうなって欲しいのかさっぱりわからない。

母は洋子が服を欲しがる本当の理由を察することは出来なかった。

「洋子もオシャレしたいんだろう」と思った。叶えてやりたいが家計は厳しかった。洋子と洋子の弟を大学に入れてやりたかったのだ。

関は毎日のように洋子に浣腸をするようになった。彼にとっては自分の罪を薄めているようなつもりだった。何度もやることで、それが当たり前の取るに足らないことになるような気がした。

洋子の尻に指を突き立ててくるのは関だけではない。

他の男子も競うように洋子のスカートに手を突っ込んだ。洋子に浣腸することは、勇敢さの証のようになっていたのだった。

まるで通過儀礼でもあるかのように、男子たちは浣腸をした。誰かが洋子に浣腸をすると、それを褒め称えた。指の匂いを嗅ぐ仕草をして「くっせー」と言う。そこまでが一連の遊びだった。

洋子の尻は赤く腫れていた。その辺りは人体の弱点である。屈辱や悲しさだけでなく、肉体的な苦痛が洋子を責め立てた。洋子は泣かなかった。瞳に涙を湛えて耐えた。抗議することもあったが、そんなことをしても無駄だと気付いていた。

洋子を泣かせたい。泣かせた奴の勝ち。そんな雰囲気が男子の中にありさえした。

関が一歩リードしていた。関は浣腸した後、指をグリグリと二回、ねじ込むようにきりもみさせることが出来た。

雨村と飯田は北村宗也を崇拝していた。二人にはこの状況がどうにも許せない。男たちの首席は宗也でないといけなかった。

雨村は宗也と自分こそが対等な友達で、飯田は下だと思っていた。

飯田は宗也と自分こそが対等な友達で、雨村は下だと思っていた。

飯田と雨村の服装は似ていた。宗也の真似をしている。二人とも宗也のとは似ないのだが、宗也を挟んで二人が似てしまった。

二人は、宗也が洋子に浣腸しないことがもどかしかった。

皆が洋子のスカートに手を入れて浣腸するようになってから宗也は誰にも浣腸しなくなった。

最初それは、格好良い態度と思われていたが、ことここに及んでは浣腸しない宗也のノリが悪い、勇気がない。もしくは、自分以外の男子を馬鹿にしているかのように思われだしていた。「俺はお前らとは違う」という態度のように受け取られ始めたのだ。

宗也は他人の肛門に触るのが嫌なだけだった。服の上からなら良いが、薄い下着の上からそんなところに触りたくなかった。

宗也の母親は少し病的なくらい潔癖であった。お手洗いにはアルコールのスプレーが常備してあり、各自使用後はそれで便座を消毒してから出るのが決まりになっていた。

母親によって宗也は性的な事柄からも完全に隔離されていた。両親は数年前に離婚しており、家には母と宗也と姉だけしか居ない。男が居ない。宗也にも男であることを禁じるような雰囲気すらあった。

宗也は洋子のことを不潔だと思っていた。新品に近い服こそが清潔で、洋子の着ている何度も洗われ少し色あせた服は不潔だと思い込んでいた。そんな人間の下着に触れるのなんて嫌だ。だから俺は洋子のスカートに手を入れて、下着に触るようなことはしたくない。

そう思っていた。しかしそれは表向きのことで、心の奥底で彼は、母親への恐れから女性の下着に触れることを自らに強く禁じていたのである。

女の脚と脚の間には何か大きな秘密が隠されている。そんな予感があった。子供たちにとって性器は謎の部分であった。いまいち使い道がわからない。大人もそれについて教えてくれない。その部分に関する情報にだけ簡単にはアクセス出来ない。

そしてその秘密を暴くこと。それを考えるだけで胸が高鳴り、原初的な喜びが腹の底から湧きあがる。

秘密の番人は甘美さに対する恐れだった。

宗也の場合は最愛の母親に嫌われてしまうのではないか、という不安もあった。そこに触れた途端、母親が得体の知れない何か恐ろしいものに変わるのではないかという不安。宗也は洋子に浣腸することが出来なかった。雨村と飯田からの期待と圧力を感じてはいた。

やるしかないのかもしれない。やらねばならない。

宗也はついにそう決断し、昼休みの洋子を付け狙った。

昼ご飯を食べ終え、廊下に出た洋子に忍び寄る。短いスカート。屈むと白い下着が見えた。宗也は身体を低くして走る。

洋子のスカートの中に手をもぐり込ませる。彼女の体温を感じたような気がした。

下着越しに、洋子の尻の間に指を突き立てた。

一瞬指先に触れた薄い綿の感触。少し湿り気を帯びたようなその感触は、生の肉に素手で触れるような嫌悪と、禁を犯す喜び、そして湧き起こる不思議な興奮を宗也に感じさせた。

宗也はその興奮の意味を理解出来ない。

篠田洋子に浣腸した後、足の震えを感じ、それが興奮から来るものだと察してもその源泉が推定出来ない。震えるような興奮は自分の目からも隠れたところからやってくるのであった。

彼は驚くほど早く、その快感の虜になった。そして価値観が大きく変った。

汚いものは美しい。汚いものこそが甘美なのだ。

宗也が加わり、蛮勇《ばんゆう》を競うように男子による洋子への浣腸は激しさを増していった。

これに対して洋子は、美奈に助けを求めた。

美奈は親身になって相談に乗り、洋子の代わりに男子に抗議したりした。

先生に言うことを洋子に勧めたが、洋子は恥ずかしくて言えないようだった。

「代わりに言ってあげる」と言っても、嫌がった。

洋子は大人に知られるのが嫌だった。恥ずかしい。それになんだかとても悪いことをしているように思えてしまう。洋子はどこか感覚的に自分が性的対象として見られていることを察していた。それがあたかも自分の罪であるかのように感じていたのである。

美奈には洋子のその感覚がわからなかった。先生に言ってしまえばすぐに解決する問題だと思う。もちろんそれなりのリスクはある。子供の問題に大人の力を持ち出す者は子供の世界では批判の対象になる。しかし、今回のケースは明らかに男子がやりすぎなのだから、大人の力を持ち込んだとしても非難はされないだろうと美奈は思っていた。

どちらかと言えば遅すぎるくらいだと思った。もっと早い段階で大人の介入を求めれば問題はここまで苛烈にならなかっただろう。

「先生に言うのは恥ずかしいから出来ない」という洋子の気持ちもわからないでもない。

美奈の思う恥ずかしさと、洋子の感じる恥ずかしさは、全く質の違うものであり、洋子のそれは得体の知れない強い後ろめたさとの化合物であった。美奈にはそれが想像すら出来なかった。

「オヨウちゃんさ」

美奈は洋子のことをオヨウと呼ぶ。こう呼ぶのは美奈だけだ。

「スカートじゃなくて、ズボン穿いてきなよ」

美奈はずっと思っていたことを言ってみた。それを言うのはためらわれた。美奈が洋子に抱えていた疑念を強める結果になる可能性があったからだ。

洋子は浣腸されたいんじゃないか？という疑念。

洋子ばかりが男子から標的になることで、美奈の中にも嫉妬のような感情が確かに起こっていた。それは最初、洋子が男子に取られるという嫉妬だと感じていたが、どうも違う。「洋子ばかりずるい」という思いのようであった。美奈はその感情を見ないようにしていた。

美奈は浣腸されたことが無かった。一度未遂のようなことはあったが結局されなかった。

浣腸されたいわけではない。しかし、浣腸されないことが女子として魅力が無いからかのように思えてしまう。

やはり洋子に嫉妬していた。

洋子への浣腸をやめさせようというのも、もしかすると嫉妬からの行為なのかもしれない。そういう感情の機微《きび》を言語化出来るわけではない。ただ、感覚的になんとなく感じるだけだ。それは映りの悪いテレビのようで、美奈を苛立たせた。

これだけスカートに手を入れられるのに毎日スカートでやって来る洋子に腹がたった。

美奈の家庭は裕福であった。服を買うのにもお金がかかり、そのお金を捻出出来ない家庭があることは理解出来るが、友達にそういう境遇の者があるということまでは想像出来ない。どこか遠い世界の話のようで、全く現実味が湧かない。これは美奈の資質《ししつ》に関わる問題というよりは、もっと一般的な問題だろう。つまり人の想像力の及ぶ範囲の問題。

とにかく美奈は「スカートに手を入れられるのが嫌ならズボンを穿けばいいのに」と思って疑わない。

だから、「ズボンを穿いてきなよ」という提案は、「なんでズボンを穿いて来ないの？」という疑問と同義であり、さらに言えば「本当はスカートに手を入れられるのがそんなに嫌じゃないんじゃないの？」という意地悪な指摘でもあった。洋子の答によっては美奈の疑念はますます強くなるのである。

洋子は黙ってしまった。「ズボンを買えない」とは言えなかった。ズボンが買えない家庭があるなんて想像も出来ないような暮らしをしている友人に、それを言うのは恥ずかしかった。言っても美奈にはわかってもらえないと思う。

「あたし、スカートが好きだから」

洋子は言った。「男子からの嫌がらせに屈してスカートを穿かないという選択をするのは悔しいから、私はスカートを穿き続ける」という表明にも聞こえるように、強く言ってみた。他に良いアイディアが浮かばなかった。

美奈は洋子に対する疑念を強くした。

鳥飼良枝たちも、やっぱり洋子に対して同じ類いの疑念を持っていた。「あの子喜んでるんじゃないの？」という疑念である。

洋子が先生に告げ口もせず、スカートを穿き続けていることもある。それに洋子が泣かないこと。さらには浣腸されるようになって以来、確かに男子の間で洋子を好きな人間が増えてきたことが、その疑念を強く抱かせる原因になっていた。

男子たちは浣腸以外にも洋子に色々ちょっかいを出した。スカート捲りなど低学年のころに流行った行為がリバイバルされた。洋子のノートにイタズラ書きをして、気を引こうとする男子も現れた。

洋子に男子が群がることで、良枝たちは男子に相手にされない虚しさをどこかで感じるのだった。

良枝たちは男子を馬鹿にしていた。実際、男子の方が女子より幼稚に見えた。しかし、いざ相手にされないと、寂しさのようなものと、何より屈辱を感じるのだった。

良枝はこれまで男子からもてはやされていた。一目置かれていたし、美人扱いされていた。良枝の服装がクラス中の女子から注目されていたし、そのことで男子は良枝を好きになったりした。

洋子が綺麗であることには気付いていたが、それに嫉妬するようなことはなかった。良枝の方が地位が上だったからである。

洋子はわかっていてやっているんじゃないかという疑念は、そうした背景のもと徐々に強くなっていった。

洋子が浣腸されると、周りの女子が怒ったり庇《かば》ったりしていたが、ある時、誰も何も言わないことがあった。美奈でさえ、もう面倒臭くなってしまった。

洋子は助けを求めるような目で女子たちを、特に美奈を見たが、下を向いて誰も洋子と目を合わせなかった。

浣腸した男子は「くっせー」とか言って、外に走っていってしまってもう居ない。女子たちはしばらく黙っていた後、何事も無かったようにお喋りを再開した。洋子は黙って、自分の席に座った。

それ以来、洋子が浣腸されても女子は何も言わなくなった。洋子にとって一番の悲しみは美奈の裏切りであった。洋子はそれを裏切りと取ったが、原因は洋子にもわかっていたし、美奈の行為も当然に思えた。それでも美奈にはずっと味方でいて欲しかった。

美奈は後悔していた。あの時、洋子が浣腸された時、側に居たが、もう何も言わなかった。それ以来、これまでのように洋子と話しづらい。

男子に対して何か言えば、攻撃されるのは自分だった。男子は洋子が好きだ。洋子には嫌われたくないのだろう。美奈が抗議すると、男子たちはまるで恋路を遮る邪魔者に対するように美奈を攻撃する。損をするのは美奈一人だった。それでも、洋子も辛いのだと思っていれば、一緒にドロをかぶることも出来たが、洋子が何を考えているのかわからなくなった。

男子たちは洋子と自分たちの間に何か繋がりのようなものが出来ていると空想していた。

その空想は彼らの中では限りなく現実に近く「洋子は浣腸されたがっている。だから俺たちは浣腸するのだ」という一方的で勝手な理屈が出来上がっていった。そしてそれは彼らの中で、ある種の正義が持つような絶対的な真実性を持っていた。

彼らと洋子の間に割って入ってくる美奈は勘違いした厄介者で、とんだ邪魔者だ。いくら攻撃してもかまわない。男子たちにも洋子にとっても、美奈の行為は余計なお世話以外の何ものでもないのだ。

そういう雰囲気を美奈は肌で感じていたのである。


この状況に終止符を打ったのは鳥飼良枝だった。

帰宅の前に「帰りの会」というのがある。英里子のクラスでは、各班ごとにその日あったことを発表させる。皆、早く帰りたいし発表することなど無いから、「良かったです」とか「まあまあでした」とか、そんなことを各班の班長がそれぞれ言って終わりになる。

英里子も最初は「それじゃわからないでしょ？　何か面白いことは無かった？」

などと訊いていたが「ありませんでした」で終わらせられてしまうことがほとんどで、今では完全に形骸化している。

二班の班長が「今日はまあまあでした」と言い終わると、三班の班長である良枝が立ち上がった。

「はい、今日はどんな一日でしたか？」

英里子が言う。

「えっと、男子が篠田さんに浣腸をしているので、やめた方が良いと思います。前に、四年生の時も、浣腸はしちゃいけないって言われたんで、やめた方が良いと思います」

良枝はそう言った。

洋子に浣腸をしていた男子たちは、一気に血の気が引くのを感じた。手の先が冷たくなっていく。

「篠田さん本当？」

洋子は黙って下を向いている。

「黙ってたらわからないよ」

英里子は少し強い調子で洋子に言った。

洋子に対するそうした行為があるのは把握していた。

生徒たちが教師の目を避けているつもりでいても、わかるものである。ちょっとした違和を見つければ何かが起きていることはわかる。その違和の周りをちょっと注意して見ていれば何が起きているか大抵見当はつくのだ。

洋子が何かの標的になっていること。今、クラスで孤立し始めていること。男子の洋子に対する態度が変化したこと。どうやら浣腸がまた流行り始めていること。それくらいは把握していた。

この件に関してはまだ介入すべきではないと判断していたので、先行きを見守っている状況だった。下手な介入が事態をややこしくさせることを英里子は知っていた。

教師は強大な力を持ってはいるが、生徒たちの中で起こっている問題に大人の理屈や力を持って介入することが、目に見えぬ大きなしこりを残すことがある。

それは理解してはいたが、そこまで考えて対応していられないのが現状であるから、弊害を無視して介入してしまう教師もいる。大人の力で問題を強制排除してしまうのだ。

介入してもしなくても、外部の者の力ではどうしようも出来ないことが、内部では起きている。だったら介入するだけ損というのが英里子のいつもの態度だった。

英里子は子供が怖かった。この仕事を続けているうちに怖くなった。社会性という服を身につけていない裸の人間、それが子供だと思うようになった。大人たちが社会性という衣服の下、さらにはその皮膚の下、分厚い脂肪と肉の底に秘めている欲望が、剝き出しにある。それは敏感で、傷つきやすく、また、誰かを傷つけることを厭わない。

「篠田さん」

英里子の呼びかけに、洋子は少し顔を上げ、英里子の顔を見る。洋子はすでに英里子より背が高かった。教壇に乗った英里子と大して変らない。

洋子は右斜め前の席の美奈を見た。美奈は洋子を見ている。

洋子は恥ずかしかった。その恥ずかしさが悔しかった。小さく頷いた。

「浣腸されてるの？」

英里子が念を押す。

「はい」

下を向いたまま言った。急に声を出したので、「は」の音が喉に引っかかり、ほとんど息の音しか聞こえなかった。それでも洋子の意思は伝わった。

声にならないざわめきがクラスに広がる。

洋子が禁止されていた浣腸行為の存在を公式に認めたのだ。

男子たちの怒りは最初鳥飼良枝に向けられ、それはうねるようにして洋子の方に向かっていった。

「誰にやられたんですか？」

英里子の問いかけに、答えられない洋子。

「ほとんどの男子です」

代わりに良枝が答える。

良枝は自分にまた注目が集まるのを感じている。その視線に感じる喜びは、良枝の奥底で、正しい行いをしている自分に対する喜びに置換されていく、秘密裏に。

洋子に浣腸をしていない男子たちは、意を唱えようと思うが、そうすることで、自分に非難が集まるのを恐れている。そうなることがわかっていながら、それでも言わずにはいられない何人かの男子が「僕はやってません」と言ったが、その発言は彼らの株を下げるだけで防衛にはならなかった。

「誰がやったかは問題じゃありません」

英里子は自分の発言が先の問いかけと矛盾していることに気付いたが、気付かない振りをした。

二十六人の生徒のうち、九人の生徒が英里子の発言の矛盾に気付いたが、何も言えなかった。

「篠田さんが浣腸されてるのを見た人たちはなんで止めなかったんですか？」

生徒たちは何も言えない。

浣腸は一瞬である。浣腸しているところを見つけてから止めても、止められない。浣腸した後に「やめろ」と言っても、止めたことにはならない。心を読むことが出来ない限り止めるのは不可能だ。良枝はその点に気付いていないことにして言う。

「わたしたち止めました」

「でも、止められなかったんでしょ？」

英里子は、良枝を責めるように言った。

英里子は良枝に対する敵愾心《てきがいしん》のようなものを自分の中に認めていた。生意気に思う。そのこと自体、英里子が良枝を対等に見ている証だった。生徒と教師である前に、人間対人間として接している。それはなんとなく良いことのように見えるが、生徒を尊重し対等に見ているというよりは、英里子の中の幼さが生徒と自分を対等の立場に置いているようであった。英里子はそのことに気付いていた。

この傾向は女子に対して顕著《けんちょ》であり、時に嫉妬のような感情すら伴うことがあった。

「止められませんでした。だから今日先生に言ったんです」

良枝の言うことはもっともだった。

「それで良いんです、次からはもう少し早く言ってね」

英里子は良枝の側に立った発言をする。良枝はどこかすっきりしない顔をしている。何がすっきりしないのかわからず、何も言えない。

「いいですか、浣腸はとても危険な行為です」

丸田はそれを聞いてわざと噴き出して笑った。つられて何人かの男子が笑う。

「何がおかしい」

英里子は大きな声を出した。英里子の声は高い。大声を出すと裏返る。まるでガラスで黒板を引っかいたような音だ。

丸田たちは下を向いた。丸田は下を向きながらも必死に笑顔を作った。暴力に屈さない、意地だった。

「大怪我に繋がる可能性もあります。もう絶対に、浣腸してはいけません」

そう言って生徒を見渡す。この時、関と宗也にはしっかりと目が合うようにした。

「いいですね？」

ゆっくり、強く言う。

「はい」

あちこちで男子たちが、バラバラに言った。

宗也が下を向きながらも「はい」と呟くのを聞いて英里子は、不気味な悦びが下腹部から盛り上がってくるのを感じるのだった。

英里子は宗也のことを男として見ている自分を、自分自身に気取《けど》られないよう、無意識のうちに隠していた。

洋子への浣腸はその日以来、すっかり収まった。

男子たちも少しやりすぎていることには気付いていた。エスカレートしていく行為をどこかで止めたいと感じていたのだ。

英里子の介入のタイミングは悪くなかったように見えた。しかし、もっと根深い問題が起こっていた。

洋子の孤立である。

誰も洋子に浣腸をしなくなったが、洋子に話しかける者も居なくなった。完全な無視というわけではない。挨拶などは交わすし、事務的な会話はする。けれど友人同士の気楽な会話が起きない。

洋子と一番仲が良く、洋子の会話のほとんどを担っていた美奈が鳥飼良枝たちとつるむようになった。良枝が美奈を引き入れたわけではなく、美奈の方から良枝に近づいたのだった。

帰りの会の一件以来、美奈は良枝を見直した。良枝の正義の行いに、潔癖な美奈は心酔したのだった。洋子を避けているつもりではなかったが、結果、洋子との時間は極端に減った。

他の女子たちは「やはり洋子は浣腸されたがっていたのじゃないか」という疑念から逃れられなくなっていた。それは彼女たちの感覚からすると、とても不潔なことであった。

男子はどこか洋子に裏切られたように感じていた。浣腸をすることは好意のあらわれである。そのことは洋子と自分たちの間で暗黙のうちに共通する理解だと錯覚していた。洋子にちょっかいを出すことも無くなった。

関は洋子に対する怒りを露《あらわ》にしていた。

自分も楽しんでいたくせに、先生に言いつけやがってと思っていた。関の記憶の中では浣腸された洋子は喜んでいたのだ。記憶は歴史と同じで、その持ち主に都合の良いように改竄《かいざん》されるものである。

関はその怒りを他の男子と共有しようとした。

「あいつムカつかね？」

と宗也に言った。

「どいつ？」

「篠田デカ子、あの壁女」

宗也は関の心情にも共感出来たが、それが自分勝手な理屈であることもわかっていた。

「なんで？」

「だって、おかしいじゃん」

「何が？」

宗也の問いに関は黙ってしまった。

宗也は関の中に、自分の中にあるのと同じ種類の醜さを見つけて苛立った。

洋子はなんだかわからなかった。なぜ皆が自分を避けるのか。先生に告発したのは良枝である。洋子は何もしていない。

先生の力を持ち出して問題の解決を行った者が避けられたり、嫌われたりすることはこれまでもよくあった。洋子も大人の力を借りるのは卑怯だと思う。子供なら誰もがそう思うに決まっている、でもそういうのは一週間もすれば大抵は収まるものだった。

洋子にはどうしても隠しておきたいことがあった。自分からも隠しておきたかったが、洋子はそれを見つけてしまった。秘密の中の秘密。犬のように鋭い鼻で、猫のように敏感な耳で、周りの子供たちは洋子の中の秘密を見つけ、いつの間にか暴いてしまったんじゃないか。皆が自分を避けるのはそのためじゃないのか。

浣腸されると洋子はただ痛みに耐える。皆の前で尻を押さえるのも恥かしく、ただ両の拳《こぶし》をしっかりと握り、黙って下を向く。

その姿に男子は得体の知れない興奮を覚える。

洋子は痛みに耐えること、耐える自分を観察すること、そのことに快感を見出すようになっていた。もとからそういう資質があったのか、この状況の中でそういった資質を身につけたのか、それはわからない。

波紋のように広がる痛みの、芯の部分にある何か。それは痛みが強すぎて最初は見えない。痛みが少し引いてくると、痛みの芯は決して痛みではないことがわかる。噴出してくるのは痛みであるが、その傷口は痛みではない。もっと別の何か。奥には痛みとは逆の何かがある。

そこに快感を見つけることが出来たからと言って、浣腸されることが嬉しいことになるわけではない。嫌だった。嫌の中にも、快感を見つける、それは人間の性質かもしれない。

恐怖の中にも、悲しみの中にも、怒りの中にも、全ての否定的な感覚の中にも一点の快楽を見つけることが出来る。その一点を起点として、否定的な感覚を全て肯定的なものに変えてしまうことすら出来る。

洋子にはまだその知恵は無かったし、それをするのは悔しすぎた。この理不尽な恥辱を肯定的に捉えることなど、まるで自分の存在を全て否定するかのようで恐ろしかった。

そして、溢れる痛みの源の、その奥にある快感を知っている自分が、酷く恥ずかしかった。そのことを誰にも知られてはいけなかった。

浣腸の二回目の流行に終止符が打たれて十日ほど経ったが、洋子は学校でほとんど誰とも口を利いていない。寂しかった。

女子から相手にされないのが辛かった。美奈は良枝とばかり遊ぶようになっている。

生物部の時には話すが、どこかよそよそしい。別の子と話してばかりいる。あれだけ嫌っていた佐村希恵《さむらきえ》とすら話すのに、洋子には話しかけてこなかった。

洋子は、学校に行くのが嫌だった。

休み時間はほとんど一人で本を読んでいた。同じところを何度も読んだり、文字を見てはいるが、読んではいなかったり、ちっとも進まなかった。

丸田はこの機に洋子に好かれようと考えていた。男たちは皆、洋子から手を引いた。丸田は洋子に浣腸もしていない。非常にしたかったが出来なかった。

丸田は性欲が強かった。四月生まれということもあり、他の者より成熟が早かったのかもしれない。スカートの中に手を入れるということが性的なことであることを知っていた。

それを意識するあまり、どうしても出来なかったのだ。

ふざけて、無知を装い、スカートの中に手を入れることも出来ただろう。しかし、それをした後、一体どんな顔をすればいいのか、どういう行動をとれば誰からも気持ち悪く思われないのか、全く見当がつかなかった。

洋子が誰を好きなのか、わからなかった。

関のことが好きという噂があるが、それは絶対に違うと思う。丸田の考えでは洋子が好きなのは宗也か自分だった。クラスで良い方に目立っている男子は、関、宗也、丸田の三人であったから女子の大半はその三人のうちの誰かが好きだろうと、思っていた。

宗也は洋子に浣腸していたから、今は自分に分がある。洋子の気持ちを自分に向かせる

チャンスだと思った。

教室には洋子しか居ない。

昼休み、給食を食べた皆は外に出ていった。丸田は食べるのが遅く、最後の方まで給食を食べていて、その後、本を読む振りをして教室に残った。洋子も食べ終えて本を読んでいる。

丸田は教室の後ろの学級文庫で本を選んでいる。

遠くで皆の声がする。教室は静かだった。

海の水の、温かい部分と冷たい部分のように、皆の居る向こうの世界と、この教室とは、別れた。

洋子が丸田を意識する。

丸田は平静を装って自分の机の方に歩く。わざと調整して、自分の席に行く途中に洋子の席の側を通った。洋子の横に立つ。

丸田の背は、洋子より小さい。男子で洋子より背が高いのは関だけだ。そのことで気後れがあった。なんとなく男の方が女より背が高くないといけないという刷り込みがあった。

洋子は今、座っている。背は関係ない。

「何読んでんの？」

「え、小説」

洋子は丸田が隣に立っていることに気付いていたが、声をかけられて初めてそれに気付いたという風を装って言った。

「へぇ」

次の言葉が見つからない。丸田は手に持った本を小さくパタパタと自分の太ももに打ちっける。

二人は黙った。

「お前さ」

丸田は悪ぶった口調を意識する。

「お前、浣腸されるの嫌じゃなかったんじゃないの？」

「え？」

洋子が息を半分呑みながら、かすかに言った。

しまったと思った。間違った。なぜそんな間違いをしたのか丸田にはわからない。何か喋らないといけないという焦りがあったのは確かだし、ちょっとは気の利いたこと、少し皮肉で面白いことを言おうと思ったのも確かだった。

丸田は浣腸される洋子を見て、「もし、洋子が浣腸されるのを喜んでいたら」と想像していた。その想像は丸田を興奮させた。だけど、今、そのことを口にすれば洋子に嫌われることくらいわかっていたはずだ。

なぜ、俺はそんなことを言ったんだ。

洋子があまりに黙っているので、見てみると、目に涙を溜めているようだった。皆の前では涙を見せたことの無い洋子が泣いている。

丸田はなぜか激しく興奮した。脚と脚の間に血が集まってくる。

自分の変化がよくわからない。

「あ、そうだ、野球しよう」

ほとんど叫ぶように言って走り出した。本を持ったまま。廊下を全力で疾走した。途中、鼻毛とすれ違ったが、互いになんの言葉も交わさなかった。

鼻毛が教室に靴下を取りに戻ると、鼻毛は靴下を片一方だけ脱いで机の中に入れていたが、片方しか穿いていないのを宗也たちに笑われ、恥かしくなって、取りに戻ったのだった。洋子は泣いていた。

後ろ姿だが、背中の震えから、わかった。

鼻毛は洋子のカーディガンの桃色と、襟の白い感じを見て、綺麗だなと思った。洋子は誰か来たことに気付いた。首を少し動かし、視界の端に一瞬鼻毛を捉えると、再び正面を向いて、何事も無かったように本を読み始めた。涙は手の指で切った。

鼻毛は、ゆっくり自分の席に行き、水溜まりにはまって濡れてしまった方の靴下を机の中から出し、裸足の左足に穿き始める。

洋子をチラチラ見た。まだ濡れていて気持ちが悪い。それに何か変な臭いもする。

洋子は黙って本を読んでいる。

二人しか居ない教室で、泣いている洋子を見ていると、鼻毛はなんとも言えない、辛い気持ちになってきた。洋子をかわいそうだと思った。

なんとか洋子を慰めてあげたいと思った。

「泣いてただろ？　お前」

鼻毛が洋子に言った。

「なあ、おい、お前、泣いてただろう？　何があったんだ？」

洋子は鼻毛を完全に無視した。

宗也は洋子のことが気になって仕方がなかった。洋子に対する浣腸が先生によって禁止されて以来、洋子は完全に孤立している。

寂しそうにしている洋子を見ていると、宗也はどうにかしなくてはいけないと強く思った。洋子を助けてあげたかった。

これこそが恋なのだ、と思った。しかしそれは主に性的な昂りであった。

性的な昂りと、恋とを分ける境界線はどこであろうか。性的な昂りと恋を別のものとして語るなら、性の対象にならない相手に恋心を抱く者が居ないのはなぜだろう。恋の相手は大抵、性的な対象となりうる。

宗也が性的な昂りと恋の昂りを錯誤したことも、それこそが恋だと言えなくもない。しかしそれではあまりに味気ないから、我々は性的な昂りと恋の昂りを分別する。つまり、そこに愛情があるか探るのだ。

性欲と恋とに違いがあるとするなら、愛と性欲が程よく化合したものが恋と言えるかもしれない。

愛などと簡単に言うが、誰もそれを見たことがない。確かにそれが存在しているかのように語られるが、その存在すら怪しい。

そんなあるか無いかもわからないようなものに、人間は振り回される。

そして愛ゆえに宗也は洋子にもう一度、浣腸しようと決心した。

あいつが孤独な目に遭っているのを見ていられない。

宗也はまるきり英雄だった。孤独の檻《おり》に囚われた洋子を解放するため、身の危険も顧《かえり》みず、危険の中に飛び込んでいく、太古から英雄と呼ばれる人間と、今の宗也はまるきり重なって見えた。

洋子に浣腸し、再び洋子を俺たちの輪の中に戻してあげよう。先生にどんな罰を受けるかわからない。退学になるかもしれない。親を呼び出され、俺の将来は駄目になってしまうかもしれない。リスクが大きければ大きいほど英雄の価値は高まる。

宗也はありとあらゆる悲劇的な想像をした。

しかし、それでも俺は浣腸をするのだ。

＊

つい十日ほど前に禁止された篠田洋子への浣腸は再びなされた。

洋子と犯人の一対一の状況で浣腸は行われ、犯行は丸田茂によって告発された。

丸田は放課後に英里子のところにやってきて、自分が密告したことは言わないで欲しいと英里子に頼み、英里子はそれを了承した。

犯人は宗也であると、丸田は言ったが、現場を見たわけではない。丸田は泣いている洋子を見つけ、「浣腸されたのか?」と問いかけた。洋子は頷いたらしい。

宗也が洋子に浣腸すると言っていたのを丸田は聞いていたし、実際に洋子を付け狙っているのも知っていた。

丸田もまた洋子のことをいつも気にしていたらしいのである。

英里子はこの問題を帰りの会の短い時間で解決するのは難しいと思い、道徳の時間の議題にすることとした。

そして、十月十三日、道徳の時間。

「篠田さんに浣腸したのは誰ですか？」

英里子の問いかけに答える者は居ない。英里子は宗也を見ているが、宗也は下を向いているだけだ。

英里子はどこか、こうなることを予想していた。禁止された行為は、禁止されることによって輝く。価値は高騰し、誰もが求めるようになる。

授業の予習や復習も禁止すればいいんじゃないかしら。時々本気でそう思う。

四年生の時の流行も含め二回、浣腸を禁止した。

これはもう一回あるだろうな、とは思っていたが、ここまで早くに表面化するとは思わなかった。

二回目の流行では洋子が執拗に標的になっていた。しかも男子から。

今回の浣腸も被害者は洋子であった。確かに洋子の身体はもう大人のようであったし、英里子から見てもどこか艶かしさを持っていた。そういう魅力を知ってか知らずか、周囲に見せびらかしているようなところがあると英里子は思っていた。当の洋子にはそんな意思は全く無い。英里子は、子供と大人の境界線を自分の都合の良いように動かす。そんなことは誰もがしているのかもしれない。

英里子にはまだどこかで子供たちの無垢を信じたい気持ちもあった。

いや、無垢とは野生の状態ということか。

まるで野犬の群れの中に生肉を投げ込んだように、彼らは洋子に群がった。少年の被り物をした男たち。その毛むくじゃらの腕。

英里子は彼らがいつか自分の寝室にもやってくるのではないかという、妄想を抱いていた。少年たちが英里子と夫の寝室に入り込んでくる。その妄想は恐ろしく、醜悪で、そして甘美だ。別にそのくらいの妄想で英里子は罪悪感を感じたりはしない。いたって普通のことだ。

「北村くんじゃないとしたら、一体誰が篠田さんに浣腸したんですか?」

英里子は主に宗也を見ながら言った。

宗也は顔を上げ、辺りを見回し、どうやら自分が答えるべき問いかけであると確認してから言った。

「なんで僕がそんなこと知ってるんですか?」

確かに。その通りだ。彼は犯行を否認している。別に犯人が居るとして、それが誰か知っているはずがない。

丸田は宗也に対して怒りを感じていた。やったのは宗也に違いない。洋子に対する犯罪を、先生に反抗するという英雄的行為でうやむやにしようとしている。現にクラスの大半は、宗也のその英雄的な行為を支持しているようだった。

丸田は昨日の昼休み、洋子が泣いているのを見た。なんで泣いているのかわからなかったが、きっと寂しさからだろうと思った。

数日前には、自分も洋子を泣かせていた。その後ろめたさがあったし、泣いている洋子を慰めることで、挽回《ばんかい》のチャンスがあるのじゃないか、そういう思いで洋子に近づいた。

机と机の間にしゃがんで泣いている洋子に後ろから近づいた。

「どうした?」

わざとぶっきらぼうに聞いた。洋子は急にやってきた丸田に驚いてそちらを見たが、すぐに視線を落とし、黙って首を横に振った。丸田が思っていたよりも、洋子は取り乱しているようだった。首を振る動きがぎこちない。力の配分が上手くいっていないのか、無駄に強く速かった。

丸田にはすぐにわかった。洋子は宗也に浣腸されたのだ。

「浣腸されたんだろ？」

洋子は何も言わなかった。

「誰に？　宗也にやられたのか？」

洋子は黙っている。丸田はイライラした。宗也を庇っているかのように思えた。

「言えよ、浣腸されたんだろ？」

洋子はやっと首を縦に振った。

その時丸田は激しい怒りが湧き起こるのを感じた。あまりの激しさでそれは怒りの色一色に見えたが、もっと複雑な色だった。そこには嫉妬も羨望も恥辱も、性的な昂りさえ含まれていたのだった。

その怒りは喜びのようなものだった。暴力的な衝動を、思うさま解放しても許される理由を得た喜び。正義は、やっと倒すべき相手を見つけたのだ。丸田は英雄的な力が体中に満ちていくのを感じた。

丸田はすぐにでも宗也を殴りに行きたい衝動に駆られた。そして、その姿を洋子に見せて、洋子に好かれたい。ただ、丸田は人を殴ったことが無かったし、宗也が恐かった。

俺は武器を取る。恐怖には屈しない。

丸田は教師に密告することにした。丸田が使うことが出来る最大の武器は大人の権力だ。

誰が密告したか言わないという約束を先生にさせよう。しかし、洋子には誰が自分を助けたかわかる。洋子はきっと丸田に感謝するだろう。


生徒にとって道徳の時間は、他の教科と比べても気楽だった。よくわからないスポーツ選手の自伝とか、昔の偉い人が誰かに謝ったエピソードとか、どうでも良いようなことを、読んだり聞いたりする。競争意識を持つ必要もないし、少し鼻につく良い話を聞き流してさえいれば良い。

英里子には面倒な学科だった。どうしても生徒がたるむ。だからこうして学級で起きた問題を議題にして、少しピリピリした空気を生徒たちに味わわせてやることも必要だった。

丸田は洋子を見ていた。

洋子は下を向いていた。両手を組んで太ももと太ももの間に入れ、ギュッと締めている。

何かを堪えているようだった。

辛いんだろうな。でも大丈夫、もうすぐ犯人も観念するよ。

丸田は手を挙げた。

「何？　丸田くん」

丸田は自分を鼓舞するため出来るだけ速く強く立ち上がる。颯爽《さっそう》と馬を駆り凱旋する英雄のように。

「えっと僕は北村くんが、篠田さんに浣腸するって言ってたのを聞きました」

丸田はそう言うと出来るだけ早く座った。逃げたんじゃない。用が済んだから座っただけだ。

「は？」

宗也が丸田に向けて出来るだけでかい声を出す。

「言ってただろ？」

丸田は強く出た。

「僕も聞きました」

関が援護する。関は今回の件に関して安全なところに居たから、宗也の株が下がればそれで良かった。関はもう洋子への恋心を失い、今は美奈のことが気になりだしていた。洋子に利する行動をとれば、美奈から好かれるかもしれないという思いもあった。

「ふざけんなよ」

宗也は、出来るだけ挑発的で暴力的な音を選んで言った。宗也は不利だった。

「洋子に浣腸する」と、確かに数人の男子の前で宣言していた。

関は宗也の語気に気圧された。もともと、それほど強い意志があって丸田に賛同したわけではない。

「お前こそふざけんな、言っただろ、ハゲ」

丸田が怒鳴る。丸田は興奮していたし、先生が見ているので、ここでケンカになることはないとわかっていたから、どこまでも強気で行けた。そして、宗也は額が少し広いので陰ではハゲと言われていて、それを言うと物凄く怒る。

「おめえ、ふざけんなよオカマ」

丸田は髪の毛が長い時期があり、陰でオカマと言われていた。丸田はそれを言われると怒る。

丸田は立ち上がった。

宗也も机に手をついてゆっくり立ち上がる。

丸田も宗也も引くに引けなくなった。二人の間には灰田絵里が居るだけで、他に障害は無い。絵里も活発ではあったが、男子のケンカに割って入りたくはなかった。

丸田は誰かが止めるだろうという期待のもと、宗也の方へ向かっていった。誰も止めなかった。絵里は椅子と机を引き、丸田のために道を開けた。これで宗也のところまで何の障害も無い。

丸田は先生が止められるように、わざとゆっくり歩いたが、あまりゆっくり過ぎるとその意図が皆にばれる可能性があるので、速度に気を使った。

宗也はいつでもやれる感じでいる。

丸田の手が届きそうな距離になると、宗也はテレビで見たボクシングのポーズをとった。

宗也とて、ケンカ馴れしているわけではない。

ケンカと言っても、つかみ合いとか、引っ張り合いで、つねったりん噛んだり首を絞めたりして、相手が泣くか、先生が来るまで、もみ合うだけのものだ。殴り合いの経験は二人とも無い。

しかし、今の状況は殴り合わずにはいられない。

二人は、互いの拳が届く距離にあった。

英里子はそれをぼんやり見ていた。どうせ何も出来ない。二人とも、私が止めるのを待っている。そう思うと、止めずに見てやろうと思うのだった。

怪我でもされたら面倒ではある。特に宗也の母親は面倒だ。今回の浣腸のことも、大ごとになって宗也の母親と、洋子の母親に説明するなんて事態になったら、本当に面倒だから、この道徳の時間内に全て解決させてしまいたい。

二人がケンカして収まるなら、そんな楽なことはなかった。

宗也と丸田がもみ合いになり、二人が疲れたところで英里子が介入し、宗也が犯行を認め、英里子の裁定で、洋子に謝罪させ、「もう二度と浣腸しません」と言わせる。そして宗也に黒板に手をつかせ、みんなから宗也に浣腸させる。宗也が泣き出し、そのとき私は。そこまでで、くだらない想像を止めた。

生徒たちが、英里子の方を向いて、なんで動かないのか不審そうに見ている。英里子は尊大な姿勢を崩さないように気をつけた。どうしようかなあ。

丸田はもう殴る以外に選択肢が見つからなかった。先生はなぜ止めないのか。

殴ったとして、宗也は殴り返してくるだろう。痛そうで、嫌だった。しかし、ここで席に戻るわけにはいかない。

「殴られてえのか？」

出来るだけ怖い感じで言ったが、そういうのには馴れていなかった。

「は？」

宗也の方が威嚇するのは上手い。英里子は限界を感じ、そろそろ止めようかなと、考えた。その時宗也の隣の席に座っていた飯田淳がいきなり宗也にしがみついた。

「ソウちゃんやめろよ」

宗也は後ろから飯田に両腕を拘束されて、驚いて飯田の方を見ようとしたが、身体のでかい飯田に抱きつかれては、自由が利かない。重さで腰を落としそうになる。ゴソッ、と地味な音がした。丸田が宗也を殴ったのだ。拳は宗也の右の肩に当たった。

顔を狙ったが、途中で恐くなって肩にした。

「痛えな、てめえ」

宗也が怒鳴る。

「おめえが悪いんだろ」

丸田は言った。なぜか宗也の仲間である飯田が宗也の動きを止めているから、今なら怖くなかった。

飯田は宗也を守りたくて、何かしたかったのだが、丸田に殴りかかることは出来ず、とにかく宗也に抱きついたのだった。

「もうやめなさい」

英里子は言ったが、とっくにもうやんでいた。

丸田はふてくされた感じで席に座る。後ろから宗也が殴りかかって来ないか不安でならなかったが、今の自分は格好良いと思う。

丸田以外は誰もそうは思っていなかった。

宗也は、なんだかわけがわからなく「これは、殴り返しに行った方が良いのだろうか」と自問していた。

「北村くん、そう言ってたの？」

宗也が決断する前に、英里子が問いただす。

「だから、やってねえって言ってるだしょう」

宗也は言った。「やってねえって言ってるだろ」のお尻を途中で「でしょう？」に無理やり変えようとしたので少し混ざった。

「じゃあ、誰が篠田さんに浣腸したの？」

英里子は宗也を睨みつけて言った。

宗也は恐ろしくて目を逸らし、それを気取られないためにわざと大声で言った。

「誰だよやったの？」

宗也はクラスを見回す。皆、目を合わさないように、下を向いたり横を向いたりしてはいたが、宗也の方を意識はしていた。

飯田と、宗也の右斜め前に座っている雨村の二人だけは、宗也の方をじっと見ていた。

雨村は、宗也の視線が自分の目を覗き、そこにしばらく滞在したのを感じた。

宗也は俺に名乗り出ろと言っているのだ。雨村は考えた。

やったのは宗也だ。犯行現場を見てはいないが「隙があればいつでもやる」と言っていた。

宗也は時々、尊大な態度をとるし、雨村や飯田を脅し従わせるようなこともある。周りは主従関係にあるように思っているかもしれないが、雨村は自分と宗也がそういう関係だとは思っていない。あくまでも対等な友達だ。宗也もそう思っているに違いない。

だったらなぜ、俺に代わりに名乗り出ろなどと言うのだろうか。

雨村は考える。そして宗也の意思を解明したのだった。

なるほど、これは宗也が自分の罪から逃げるための策ではなく、先生や皆をたばかって裏をかいてやろうという、痛快ないたずらなのだ。

そのことに気付いたのは自分だけだ。愚鈍《ぐどん》な飯田は全く気付いていない。心配そうに宗也を見ているだけだ。

先ほどの丸田と宗也の対決では、飯田の後手に回ってしまった。飯田は参戦し、存在感を示したのに自分は傍観することしか出来なかった。

今こそ勇気を示すときだ。そして宗也と一緒に皆を笑い飛ばそう。

雨村は手を挙げた。

先生は雨村の方に目をやり、面倒臭そうな顔をした。

英里子は宗也を追い詰めたと感じていた。一気に自供まで持っていき、そこから、演説をするつもりだ。その演説の内容はもう大体考えてある。こうだ。

「宗也は悪いことをしました。でも、悪いのは宗也だけですか？　誰が宗也にこんなことをさせたと思う？　もし、皆が洋子にもっと同情し、宗也の浣腸を非難していたら、宗也は洋子に浣腸をしなかったと思わない？　いいですか？　人は過ちを犯します。でも、過ちを反省することが出来る。何ででしょうか？　友達や家族が周りに居るからです。友達や家族は、その行為が悪いことだと教えてあげられる。皆さんは北村宗也くんの友達ですね？　だったら、彼が悪いことをしたら教えてあげないといけない。人は一人では生きていけないのです」

　こういう感じをイメージしていた。前の文章はなんでも良い、とにかく最後に「人は一人では生きていけないのです」と言いたかった。

　この言葉はよく考えると当たり前のことなのだが、なんとなく含みがあるように聞こえるし、この言葉を聞いて「いやいやそうとも言えないだろう」などと言う人はなかなかいない。実際、赤ん坊は一人では食事も満足に出来ない。放っておけば死ぬんだから、人は一人で生きていけるはずもない。

　では、無人島などに漂流して一人で何年も生き抜いた人がいるのはなぜです？という問にも答は用意してある。「その人は生きていくために考えましたね？　考えるのに言葉を使いました。ある程度の知識も持っていたでしょう？　言葉も知識も、その人以外の他人が作り上げてきたものです。人は一人では生きていけないのです」

　ね？

　英里子は頭の中で「人は一人では生きていけない」ことを考えながら、雨村が手を下ろすのを待っていたが、彼はなかなか手を下ろそうとしなかった。

「雨村くん」

　根負けして、発言を許す。

　雨村は立ち上がる。その顔は上気し、両手は握り締められていた。

「やったのは」

　雨村はここでタメを作った。皆が雨村の次の言葉に集中せざるを得ない。

「僕です」

　雨村は搾り出すように言った。

　はじけるように洋子は雨村を見た。クラスに動揺が走るのがわかる。

　うん？　英里子は思った。これはどうしたことだ？　雨村義男がやったのか？

　いや、雨村のような小物に、やれるはずがない。

　英里子は雨村を見ながら、視界の端で洋子を観察した。

　洋子は小刻みに首を動かし、辺りをキョロキョロと見ている。ひどく動揺して見える。

やはり何か裏があると英里子は思った。

「義男、本当か？　本当にお前がやったのか？」

宗也が妙に芝居がかった言い方をした。

雨村は少し黙り、すぐに、小さく頷いた。

堰を切ったようにクラスがざわめきだす。

「お前、ふざけるな」

宗也が叫び、立ち上がる。

「え、ホントにあいつがやったの？」

喧騒《けんそう》の中で美奈が洋子に話しかけた。ここ最近、洋子と気まずくなっていたので、話しかけるのに勇気が必要だった。

洋子は美奈の目の少し上、おでこの辺りを見て、小さく何度も首を横に振った。違うと声に出したかったが、喧騒にかき消されたのか、音にならなかった。

それでも洋子の意思は伝わった。

そのやりとりを見ていた鳥飼良枝が大声を出す。

「せんせー、篠田さんが違うって、義男じゃないってー」

一瞬、喧騒が引いたかと思うと、揺り返すように、さらに大きな喧騒が巻き起こった。

宗也は正に今、雨村に飛びかかろうとしていたところだ。

「ええ？」

と、どうして良いかわからず、叫んだ。

「静かに、静かにしなさい」

英里子は叫んだが英里子の細く高い声では収まらない。教壇の上の教師用の机を数センチ持ち上げて、教壇に何度か打ち付けた。

地味だが話し声とは明らかに異質の大きな音に生徒たちはハッとなり、静かになる。

「篠田さん、やったのは雨村くんですか？」

英里子がクラス中の疑問を代弁し、ほとんど全ての生徒が洋子を注視した。

「違うと思います」

搾り出すように答える。

再び喧騒が巻き起こり、英里子はもう一度机を教壇に打ちつけないといけなかった。

「雨村くん、どういうこと？」

雨村は口をつぐんでいる。雨村は自分の緑色のトレーナーの腹の部分に描かれている髭を生やしたオジサンの顔を見ていた。オジサンはサンタクロースの偽物のようで、顔だけ描かれている。目だけで右斜め上を見て、半分笑っている。自分が置かれている苦しい状況に、そのヒョウキンなオジサンの顔が不釣り合いすぎて、今すぐこれを脱ぎ捨ててしまいたかった。

「あなたがやったんじゃないの？」

皆の前で泣くわけにはいかない。しかし、感情の昂りが、嘔吐のように胸の上の方に上がってくる。宗也は助けてくれないどころか、さっきは殴りかかってきそうだった。あれは自分の犯行を完全に俺になすりつけようとしてのことだ。

そう思うと悲しくて、辛かった。

「はい」

雨村は言った。

「なんで、そんな嘘ついたの？」

雨村にはそれ以上は言えなかった。涙が溢れてくる。手で擦ると泣いていることを認めるようで嫌だった。涙と鼻水が口に入ってきた。この泣き顔を宗也に見せたくて、宗也の方を振り向いた。

「北村くんにそう言えって、言われたの？」

宗也は急に自分に水を向けられて慌てた。

「はあ？」

それしか言えなかった。

「はい」

雨村は消え入りそうな声で答え、頷いた。

宗也は体中の力が抜け、無数の小さな虫が体の中で蠢いているような、気味の悪い感覚に襲われた。

クラス中が宗也を見る。洋子に浣腸したことよりも、その罪を子分である雨村になすりつけたことが非難の対象であった。

先生が満足そうな顔で頷くのを見て、宗也は血の気が引いた。自分がこれまで築き上げてきたものが、まるでザリガニの脱皮のようにするりと脱げ落ちるのを感じた。

実際のところ宗也は洋子に浣腸していないのだ。

しようという意思はあったが出来なかった。浣腸することで洋子を孤立から救おうという気持ちと、先生を恐れる気持ち、それからスカートに手を入れるという行為が持つほとんど魔術的な魅力と、その魅力ゆえの強い禁忌が宗也を縛った。周りに「俺は洋子に浣腸するぜ」と吹聴することで、自分を追い詰め鼓舞してみたが、踏ん切りがつかなかった。

しかし今、宗也が洋子に浣腸したことは事実として受け止められている。さらにその罪を子分の雨村になすりつけたことになっている。

なんてことだ。俺は何もしていないのに。

「篠田さん」

先生が洋子の名を呼んだ。

そうだ、洋子なら俺の無実を晴らせるはず。浣腸されて、誰にされたかわからないはずがない。

皆が洋子を見る。

「立って」

英里子が言う。英里子はこの見世物を最後の盛り上がりにして道徳の授業をしめようと思っていた。

洋子は椅子を引かずに立ち上がろうとし、膝の裏で椅子を後ろに押してしまい、椅子を倒しそうになった。立ち上がる。

「あなたに浣腸したのは北村宗也くんですか？」

洋子の中身はぐちゃぐちゃだった。皮膚があるから形を保っていられるが、それ以外はぐちゃぐちゃに入り乱れている。お尻が痛い。そこだけが確かなもののように思える。

気が遠くなるような恥ずかしさ。世界中の人間にお尻の穴を見られているような妄想を抱いた。

洋子は自分の嘆きには正当性があるように感じた。自分は一切悪くない。それなのにこんなひどい目に遭うのは理不尽だ。

だから、良いと思った。ちょっとくらい嘘をついても。

「はい」

そう言って洋子は泣き出した。ついに洋子が皆の前で泣いたのだ。

洋子の涙は皆の心を打った。

「嘘つくな、嘘つき、壁、かべー」

宗也は洋子が一番嫌いな洋子のあだ名を叫んだ。

皆は洋子に共感し、宗也の卑劣な行いに、もはや呆れさえ覚えるのだった。

鼻毛は泣いていた。

涙を流す鼻毛に気付いた者は、皆、鼻毛の純粋さに感動を覚えた。

英里子もその一人だった。鼻毛くんは確かにあまり賢い子ではない、でも純粋な心を持っている。こういう子が大人になったとき、本当の友人に囲まれ幸せになるんだわ。英里子はそう思った。


洋子に浣腸したのは鼻毛だった。鼻毛は敬愛する宗也に濡れ衣を着せてしまったことへの悲しみ、それから、自分がこの場で糾弾されることを免れた安堵から泣いていた。

鼻毛は洋子が好きだった。丸田が洋子を泣かせたとき、慰めようとする鼻毛を洋子は無視した。

鼻毛は、ほとんど殺されるような衝撃を受けた。洋子に対する殺意にも似た怒りが湧いてきて、それは性欲と化合しやすい性質を持っていた。

洋子の尻に指を突き立てたい。

そして昨日の昼休み洋子が一人になる機会を見計らい、洋子に浣腸をしたのだ。

蛇やトカゲのような姿をした得体の知れない化け物が脚と脚の間にぐいぐい入ってこようとする恐ろしい夢。洋子は悪夢に悩まされていた。浣腸をされてから見るようになったと思っていたが、浣腸をされるずっと前から見ていたかもしれない。もうずっと昔からあの化け物を知っているような気がするのだった。

鼻毛の浣腸は化け物のそれに似ていた。指を突き立ててからしつこかった。なかなか離そうとせず、逃げ回る洋子の尻に執拗に指を突き立て続けた。

まるで私の中に入ろうとしているようだった。

洋子は鼻毛のことを蔑んでいた。愚かで救いようがないと嘲笑っていた。それは洋子だけではなく、ほとんどの女子がそうだった。

洋子が他の女子より強く鼻毛を蔑んでいたのは、自分より下の者を作りたかったからだった。

その鼻毛が自分の秘密の部分に触れた、中に入ってこようとした。その事実を隠蔽したかった。出来るなら無かったことにしたかったのだ。

皆の視線が宗也を刺す。

宗也は手の先が震えるのを感じていた。

教壇の上で腕を組んでいる、大人の女を見た。俺の無実を証明してくれるのはもう大人だけだ。

宗也はそう思うと、この普段はバカにして目の敵にしている先生がとても大きな存在に思えた。それは宗也に敗北感を抱かせたが、同時に郷愁にも似た、どこか、母に抱かれて眠ったころの感覚を思い出させた。

「先生、先生、先生」

宗也は先生を三回唱え、三回目には涙声になっていた。

「先生、僕はやっていません」

英里子は宗也を見下ろしている。

何か下半身に虚脱感にも似たじんわりとした温かさを感じていた。

宗也の目。お目こぼしを乞う罪人の目。その濡れた声。

そうです。あなたは悪いことをしたのだから、そういう目になって当然です。そんな声を出して当然です。英里子は心の中でほくそ笑む。

皆からわからないように時計を見る。あと十二分で授業が終わる。少し長めに話をして、そのことに関して質問をして、誰かに答えさせた後、簡単にまとめるとちょうど終わるくらいの時間だろう。

英里子はじらすように生徒たちを見回した。

すっと右手を前に出す。肘は軽く曲げている。指先を、一人立っている洋子に向けた。

生徒たちは先生を見ている。

英里子は洋子に向けた手の先を、頷かせるように下げた。「お座りなさい」の仕草。洋子はそれを汲んで慌てて座る。

ああ、これこそあるべき姿。

英里子は宗也を見た。

宗也は目に涙を溜め、すがるような、祈るような目で英里子を見ている。

二人の視線は絡み合い、そこに引っ張る力が存在するかのように、二人の目と目、脳と脳は、引き寄せ合う。

そう、これが欲しかったの。

英里子は満ち足りていくのを感じた。

教室の後ろを見る。

生徒たちはつられて、教室の後ろを見た。書道の作品が飾ってあるだけだ。

「いい?　みんな」英里子は言う「人は一人では生きていけないのです」

「だからなんだよ」二十六人の生徒のうち二十二人がそう思った。残りの四人は、聞いていなかった。

園児の血

今日も頭痛がする。やっぱりティラノザウルスの所為だろうか。

オレは入り口のドアに張り付いている。窓の向こうにママが見える。もう二度と会えないような気がする。

「ママ」オレは窓に寄った。先生がオレの後ろに来る。

無理やり手首を摑みオレに手を振らせた。ママも手を振る。ママは笑っている。

オレは泣きそうになった。

バスが走り出す。オレは小さくなっても手を振り続けるママを見て永遠の別れを感じるのだった。

水色のスモック、胸にはサクラの花の形を模したバッチ、中央にオレの名前が書いてある。紺色の園帽。それはオレを憂鬱にさせた。帽子みたいなオシャレな感じのするものを被るのは恥ずかしかった。オシャレなんて女のすることだぜ。

「大丈夫?」先生がオレに声をかける。

まだ知らない大人の人なので無視して、オレは立ち上がり、バスの中を歩き始めた。

先生が「危ないから歩き回っちゃ駄目よ」みたいなことを言う。うるさいな。

オレは園帽を取り、オカッパを掻《か》き上げ再び被ってから、バスを見回す。

一番後ろの長いイスに女が一人座っていた。深く被った園帽から二つに結んだ髪が垂れている。耳の上の辺りに赤いリボンが見える。

女は顔を少し上げオレを一瞥するとまた自分の太もも辺りに目を落とし爪をいじり始めた。

ご挨拶だな。女の胸のバッヂには飾り気のない文字でキミエと書かれていた。カタカナは読めるのさ。先生がオレを後ろから抱きかかえ、イスの上に置いた。

オレは尻を動かして窓際に移動する。ここはどこだ。オレはどこに連れて行かれるのだ。冷たい窓に額を当て頭痛を癒そうとした。

バスが停まる。外には園児とその母が立っている、男か。

先生と母親は会話を交わし、男は一人そそくさとバスに乗り込んできた。小さな体、肌は浅黒く園帽の影に隠れた顔にはブタみたいに穴の正面が前を向いた鼻が見えた、前歯がでかい。

男はオレに会釈もせずにオレの前の席に座った。

気に入らねえな。

バスが走り出し、先生が立ち上がる。片手で頭上の荷物置き場に掴まり、バスの揺れに拮抗《きっこう》しながら大声で言った。

「おはようございます」

沈黙がバスを支配する。

「皆さん、おはようございますは？　もう一度言うよ、おはようございます」

オレは恥ずかしくて言えない。

「おはようございます」オレの前に座った男が言った。

「コウジくんえらいねえ、キミエちゃんとタカシくんはご挨拶出来ないの？」

この女オレを名指ししやがる。

「キミエちゃんは？」

オレはキミエの方を見た。キミエはうつむいたまま、爪をいじっている。いいぞ。

「はい。先生の名前はコバヤシミヨコです。ミヨちゃん先生って呼んでね。ムラサキチームのお友達はこの3人です。これからも仲良くね」

どうやらバスは、色で組み分けした地域で子を拾い、幼稚園までを何往復かするらしい。

さしずめオレらムラサキチームは、一番人口の少ない地域の子供たちなんだろう。

ムラサキチームか、悪くねえな。

キミエはムラサキが気に入らないのか、ニコリともせずに、先生の笑顔を凝視していた。

前の席の奴からは、動いた気配が感じられない。

こいつ、オレと似てるかもしれねえなあ。

コウジか、覚えておこう。

バスは園についた。ここが、これからしばらくやっかいになる場所か。ちょっとした高台の上に白い2階建ての建物がそびえていた。

1

園庭のイチョウの木に寄りかかり、遊ぶ園児たちを見ていた。園児たちは先生に群がったり、砂場で砂を掘ったりしている。お遊戯の時間だそうだ。

オレの前で女児がけたたましく泣いている。先生たちが困ったように彼女を囲んでいる。

なだめたりすかしたりしているが、全く効果がない。コバヤシ先生が若い男の先生に「ユイちゃんの病気のこと考えてあげなくちゃ」とか言っている。

恐ろしいところだぜここは。

春も終わろうとしているのに、園の生活にはまだ馴れない。強く口の中の消しゴムを噛んだ。

今日はステゴザウルスを噛んでいる。ステゴザウルスには五角形のヒレのようなものがあり、それが2列縦隊に首のところから尾っぽのところまで続いている。

さらに尻尾の先には左右に2本ずつ鋭いトゲを持っていた。そのトゲの部分で歯茎を刺激するのが気持ちいい。

また2列縦隊に並んだヒレの列と列の間に舌を入れるのも気持ちいい。舌の厚みより少し狭い隙間に無理矢理舌を這わせると、ヒレが開いて舌を締め付けてくるような感覚が気持ちいい。ステゴザウルスはなのでお気に入りの消しゴムの一つだ。

上野の科学博物館に行ったとき、パパに売店で買ってもらった。他にもプテラノドン、ティラノザウルス、プロントサウルス、トリケラトプスが入っていた。プテラノドンは翼竜なので羽の部分が薄すぎて、ちょっと強く噛んだら穴が開いちゃった。だからイトコにあげた。

でも一番好きな恐竜は断然イグアナドン。イグアナドンは親指が立っていてそれが凄く鋭くて、最初科学者の人がそれを牙だと思っててそしたらそれは全然ちがくて本当は牙のような指を持った恐竜だったというエピソードがかっこ良いから好き。

でもいまいちマイナーな恐竜なので恐竜消しゴムセットには入っていなかった。

でもパパに鹿の先祖のクルブシのところの化石（本物）を買ってもらえたので、オレは泣かなかった。

ステゴザウルスも結構好きだけど。尻尾のトゲのところで結構強い奴も倒せるから好きだけど。

トゲの部分を見たくなって口からステゴザウルスを出してみた。薄い緑色の、よだれに濡れた恐竜の消しゴムがオレの手の平の上にある。かっけえなあ。

はっ。誰かがオレを見ている。

園庭を横切って向こうの端に普通のブランコと、４人乗りのゴンドラのようなブランコと、鉄棒がある。

男が鉄棒にぶら下がっていた。手を伸ばしぶら下がっているその男の足は地面に着いており、さらに曲げられていた。あいつでけえな。

男の視線は射るようにオレを捕らえている。園児の集団がボールを追いかけてオレたちの間に入る。

オレはステゴザウルスを口に投げ入れると背中でイチョウの木を蹴って、ゆっくり歩き出した。口の中が渇きやがる。

園庭の真ん中でホイッスルを持ったコバヤシ先生が立っている。オレは男から目を離さないようにしながらコバヤシ先生の左足に抱きついた。

コバヤシ先生はオレを一瞥し「サッカー一緒にやる？」と言った。オレは男を睨みつけながらゆっくり首を横に振った。あの野郎オレの睨みに動じねえとは。

「クラトよ」

コバヤシ先生の右足から声がする。

オレは声の主を見ようとコバヤシ先生の左足にしがみついたままで顔を前に出した。コバヤシ先生がバランスを崩す。右足を引きずるように前に出す。

右足にはキミエがしがみついていた。同じムラサキチームの女だ。長めの髪を二つに結んで前に垂らしている。

「知ってるのか？」

「少しね」

「教えてくれ」

「彼、強いわよ」

「ああ、だろうな」

「多分あなたより」

「何？　知ったような口をきくじゃねえか」オレは語気を強めた。

「弱い犬ほど良く吠えるものよ」

オレはキミエを見た。

キミエはオレの視線を軽くかわしてフッと鼻で笑う。

食えないやつだ。

「やってみなきゃわからねえだろ」

「わかるわ、あなたじゃクラトには勝てない」

「勝てるもん」

オレはキミエを睨みつける。キミエはオレを見たまま手を伸ばしコバヤシ先生のズボンを下ろそうとした。コバヤシ先生は慌ててズボンを押さえる。オレはパンツを見ようとしたが見れなかった。

「ほら、今日はツキにも見放されてるみたいよ」

オレはステゴザウルスを右の頬袋に入れて、コバヤシ先生の左足から降りた。

「ツキは信じない主義でね」ゆっくり歩き出す。クラトはオレを見ている。お互い因果な商売だなクラト、目が合っちまったらやるしかないのさ。

風が吹いている。

オレは鉄棒の方へゆっくり、ゆっくり、進む。クラトがこちらの出方に気付いた。やる気か、といった表情をみせ、鉄棒から手を離す。立った。

でかい。オレは立ち止まる。

クラトまではまだ距離がある。だけど、そのでかさはここからでもわかった。あいつ本当に同じ園児か？　小学3年生なんじゃないのか。

オレはなんとなく目を逸らし、後方のキミエを見た。オレを見ている。ここで止まっているわけにはいかぬ。ステゴザウルスのお腹のところを強く嚙んだ。

歩き出すオレの前に三輪車が走り出てハンドルが勝手に曲がって止まった。誰も乗っていない。誰かが押したのか。三輪車が来た方を振り返る。

男が立っていた。

小さい体軀《たいく》、上を向いた鼻、スポーツ刈り、出っ歯。コウジだ。

「やめときな大将」

コウジはオレを見てさらに続けた。

「戦う理由がねえ」

ハッ、とんだ腰抜けだぜ。オレの勘も当てにならねえな、こいつには同じにおいを感じたんだが。

「知らなかったな、戦うのに理由が要るなんてよ」

オレはコウジを見て一つ笑い、そう言って歩き出した。クラトは腕を組んでこちらを睨みつけている。いずれ白黒つけなきゃなんねえんだ、早い方がいい。

「あんた勝っても負けるぜ」鋭い声。オレはコウジを振り返る。

「負ける？　聞き捨てならねえぜ」

「大将、あんた喧嘩を知らねえみたいだな」

「おい、言葉に気をつけろよ」

「あんた、とんだバカだな」

「何？」

「だが、嫌いじゃないぜ」コウジはそう言って笑った。こういうはぐらかし方をする奴は初めてだぜ。オレは怒気がなえるのを感じる。

「ついてきな」そう言ってコウジは三輪車に向かって走り、それにまたがるとハンドルを烈しく切ってきびすを返す。キコキコ漕ぎ出した。

これで無視するのもかわいそうだし、オレはコウジのあとについて歩き出した。

コウジは園庭の外れの花壇の前に三輪車を停め、サドルに座ったままオレを見た。

「おい、こんなところに連れてきてくだらねえ話だったら、笑えないぜ」

「おいおい、そう急《せ》くなよ」そう言って、花壇に座るよう勧めてくる。オレは勧めに従って花壇のブロックに腰掛けた。

「あんた、保育所って知ってるかい？」

「知らねえが大方の想像はつくぜ、保育するところだろうよ」

オレは頭をフル回転させてそう答えた。

「オレはここの前にその保育所ってやつに入っててな」コウジは遠くを見ている。

保育所？　園に入る前に？　こいつ相当な修羅場をくぐってやがる。

コウジの横顔は修羅に揉まれた男の顔に見えた。園児達の喧騒が遠くに聞こえる。

コウジ自体そういった喧騒から遠く離れたところに身を置いているようにも見える。

保育所とはそんなに過酷なところなのか。

「おい、そこはどんなところなんだい？」

「保育所かい？　地獄さ」

「ハッ、地獄とは大きく出たな」

オレは妙な嫉妬心からそんなことを言った。

コウジは言い返すでもなくオレを見て口の端で小さく笑い、三輪車のハンドルをバイクのハンドルみたいにグリグリやった。

地獄か。

「オレはそこで喧嘩を学んだのさ」

「喧嘩ってのは学ぶものなのかい」

「ああ、この世に学べねえもんはないぜ」

まだ、生まれて4年くらいしかたってないのに、この世を語るとは、こいつやはり只者じゃねえ。オレなんかそんな「この世に」なんて言ったらママに怒られそうで恐くて口に出出来ねえ。

オレはコウジに腕力ではない強さを見てそれに畏怖《いふ》し嫉妬した。

「あんた世論て知ってるかい？」

「世論？　そいつがなんだってんだ？」

「あんたにないものさ」

「おい、お前の話はいちいちまどろっこしいぜ。そいつがオレにねえからってなんだってんだ？」

「おいおいあせるなよ大将」そう言ってコウジは楽しそうにキキキと笑った。こいつ「キ」を基調に笑いやがるのか。

「勝って人気を得る喧嘩がある、そして、勝って人気を下げる喧嘩もあるってことさ。お前さんがやろうとしてた喧嘩は勝っても人気を下げる喧嘩だぜ、大義のねえ喧嘩はしねえこった」

「それはわかったけど、その世論てのはなんだ」

「うんとだから、その人気を操るのが世論を操るってことさ」

「じゃあ世論じゃなくて、人気って言やあいいじゃねえか」

コウジは黙った。とりあえず遠くを見る。

「オレは保育所でそいつを学んだってわけさ。あんたいまクラトとやってたとえ勝てたとしてもただの暴れん坊だと思われるぜ」そしてそう言った。

オレたちは黙って園庭を見ている。園庭の真ん中でコバヤシ先生が「鬼ごっこする人この指とーまれ」と叫んでいる。

コウジはペダルに足を乗せた。コウジの三輪車のペダルは壊れていてただの金属の棒だ。

「鬼ごっこでも一緒にどうだい？」そう言った。

「生僧、頭痛が痛くてね」

「そうかい」コウジがペダルを踏む。

「おい、なんでオレに世論のことを教えた？」

「さあな、ただの気まぐれさ」コウジは振り返ってそう答える。

「お前、何が目当てだ」

「キキキ、ただあんたが気に入ったのさ」普段から露出している前歯をさらに露出させてコウジが答える。

「お前さん、オレの兵隊にならないかい」

オレは思わずそう言った。

コウジがオレの顔をしばらく見つめる。

「そうだな、考えてやってもいいぜ」そう言って先生の指にとまりに行った。

オレが鬼ごっこに参加しなかったのは何も頭痛のためだけじゃない。その輪の中にクラトの姿があったからだ。クラトはコバヤシ先生の足に抱きつき、その尻を揉みながらオレを見て自分の兵隊に何やら耳打ちして笑った。

奴とはいずれきっちりさせなきゃならねえだろう。

＊　＊　＊

いまいち把握出来ていなかったが、この幼稚園には「チーム」と「組」の2つの単位があるらしい。チームは送迎バスの組み分けでムラサキ、アカ、キイロ、アオ、の4つがある。アカとアオが大多数を占め、ついでキイロ、そして一番の少数派がムラサキチームだ。

組というのは園内での単位でサクラ組とスミレ組がある。オレはムラサキチームのサクラ組、どうやらムラサキチームは全員サクラ組にされたようだ。

そんなわけでオレは今、サクラ組の教室で給食の時間。

オレは列の最後尾に並び、給食の配給を待っている。何かのスープと、何かが混ぜられたご飯が、オレの皿に盛られる。

うまそうだぜ。

お盆を席に運ぶ。いくつかのテーブルをくっつけて、サクラ組に班が形成されていた。

オレは自分の班の自分の席に座った。

キミエがオレの前にいた。

「あんた、恐くなって逃げ出したの？」

「気分が乗らなかったのさ」

「コウジと何話してたのよ？」

「質問が多いぜ。ここはオレのファン倶楽部かい」

オレは笑ってキミエを見る。

キミエは一瞬苦虫を噛み潰したような顔をしたが、すぐもとの涼しい顔に戻る。

「腰抜けのファン倶楽部なんて願い下げよ」と、あんまり上手くないことを言った。

コバヤシ先生が立ち上がり何かに感謝しますみたいな言葉を言ってから皆を見回し、号令をかけた。

「いただきますを、します」

「いただきます」オレは大声で答えた。サクラ組の園児たちの声でかき消され、園児たちは猛然と食い始める。

しばらく食器の音が続く。オレはこんな大勢で食べる食事は初めてで楽しくなった。

どーん。とか言ってキミエのスープにご飯を入れたりした。

キミエは怒ってオレにスプーンを投げる、それが隣のメガネをかけた女児に当たって、メガネは自分のメガネが壊れたんじゃないかと一度凄い勢いで確認したあと改めて泣き出した。キミエも泣き出した。

しまった、乗り遅れた。オレもさっきのタイミングで泣いとくんだった。

コバヤシ先生が自分のご飯を口に入れたままやって来て、オレたちの横に立つ。何か言おうとしたが口のご飯が思ったより多いらしく、一度あきらめ、しっかり噛んでちゃんと飲み込んでから「誰がやったの？」と言った。

メガネがキミエを指差した、キミエがオレを指差す、オレはどうしよう？　オレはメガネを指差してみた。

メガネ↓キミエ↓オレ↓メガネ。

メガネははっきりと腕から指の先までピンと伸ばしキミエを指差している。キミエは少しうつむきながらオレと目を合わせないように指だけでオレを指している。オレは指を胸の下辺りに置いてなんとなく指先がメガネの方を向いている程度でメガネを指していた。

なんでわかったのか、先生はオレを見て腕を組んだ。何も言わぬ。教室が静かになる。怖い。

キミエもメガネももう涙は収まっているのに、数秒に一回思い出したように鼻を啜り、泣き声を漏らすのだ、目は事の成り行きを見守り、体は次のアクションに備え緊張しているのがわかる。

しまったオレもやっぱりさっき泣いておくんだった。

「キミエさんがスプーンを投げたんです」オレは言った。

コバヤシ先生がキミエを見る。キミエは不快感をあらわにし、興奮を全身で表した感じで「タカシさんが私のスープにご飯を入れたからです」と言った。

先生はキミエのスープを見てご飯が入っているのを確認すると、一つ大きく息を吸い「なんでキミエちゃんのスープにご飯を入れるの」と怒鳴った。

オレはチンチンのところがキュッとなるのを感じる。怖い。命の危機を感じる。

「なんで黙ってるの？」

コバヤシ先生がもう一度言う。オレはとにかく何か言わなくては。

「スープにご飯を入れたら美味しそうだと思ったからです」と言ってみた。

先生は黙った。うつむくオレの目を覗き込んで「今度は自分ので試しなさい」と言って、のしのしと自分の席に戻っていった。

怖かった。キミエがオレを睨んでいる。メガネもオレを睨んでいる。横睨みなのでメガネのレンズでメガネの目が歪んで怖い。

班の他のやつらも、他の班のやつらもオレを睨んでいた。

クラトやコウジの目もあった。

オレは自分がはしゃいだ結果招いたこの悲劇を非常に恥ずかしくいたたまれなく思った、じゃあどうすれば良かったんだオレは、どうはしゃげば良かったんだ、ただみんなでご飯を食べるのが嬉しかっただけなのに。

ポケットの中のステゴザウルスを強く握ってみた。

2

園庭の喧騒から離れて、プールの近くの花壇は誰もいない。オレたちは好んでこの場所にいた。何かの花が咲いていて、何かの甘いにおいがする。花のにおいに違いねえ。今日は頭痛もしないし、天気もいいし、なかなか気分がいいぜ。

ここの生活にも大分馴れてきたな。オレは空を見てそんなことを思った。

「大将、こいつ強ええのかい?」

オレはコウジと遊んでいた。

オレはコウジに妖怪の本を見せてやり、２人でどの妖怪になりたいか話していた。

オレは「しろうねり」という竜みたいな格好をした雑巾《ぞうきん》の妖怪が好きだった。

それは長いこと放置された雑巾がモノを粗末にした人間を懲らしめるために妖怪になったのだった。オレはそういう少しかげのある設定にいつも惹かれる、ヒーローもののテレビでも正義の味方より敵の方に強く感情移入するのだった。

コウジは「アミキリ」という妖怪にご執心で、ただ夜中に来て蚊帳《かや》を切っちゃうだけの地味な妖怪なのだが、造形的には手がハサミだったり頭の回りに刃物みたいなのがついていたりして格好良いのだが所詮、蚊帳を切っちゃうだけのいたずら妖怪なのだ。

それにオレたちには蚊帳というものが具体的にどんなものなのかわからなかった。

コバヤシ先生に聞いたら、昔の人が寝るときに蚊に刺されないように張った網で出来たテントみたいなものだと教えてくれた。

いまいち上手く想像は出来ないが、いずれにしろそれを切っちゃうだけの地味な妖怪なのに、それでも「アミキリ」を愛しているコウジが少し格好良いなと思って、オレも「アミキリ」が好きってことにしようかなでもそれにしても地味だなあなんて、オレはそんなことを考えていたけど、コウジに言うとかわいそうなので、アミキリは蚊帳だけじゃなくて悪い人間の手首も切っちゃうことにして少し実物よりも格好良い設定にしてやった。

コウジは「アミキリ」の真似をして手をチョキにしてオレのことをチョキチョキ切り出した。

「そんなハサミじゃ切れねえぜ」

「でも大将は雑巾の妖怪だろ、オレのハサミでギタギタに切ってやるぜ」

ちょっとムッとした。

「でもそれは雑巾だったころの話で、今はもう妖怪だから、そんな網とかしか切れないハサミじゃ切れないぜ」

「でも人間の手首も切れるから切れるぜ」

「妖怪は妖怪だから人間の手首より硬いから切れないぜ」

「じゃあ良い」コウジが折れた。

コウジはオレの兵隊になっていた。オレの兵隊はまだコウジ1人だが、オレ自体が圧倒的に強いので、充分園内でハバを利かせている。

ただクラトだけは強大な権力と絶大な武力でオレたちの前に立ちふさがっている

のだった。クラトは強い。その強さを完膚なきまでに誇示した事件があった。

園舎の中には流しがあって、それは1階にしかない。

1階は年長の人たちがいるところだから、オレたちはビビって流しに行く時は年長の人たちがいないか確認してから行くことにしていた。

ある日クラトが膝を擦りむいてそれを流そうと流しに行った時、折り悪く年長の人たちが流しの前で絵本を読んでいた、その中にはコウちゃんと呼ばれる強い子供が混ざっていたのだが、クラトはかまわず傷を洗い出した。

その水がコウちゃんの絵本に跳ねたらしい。コウちゃんは怒ってクラトの肩を摑んだ。そして喧嘩が始まったのだ。結局先生が駆けつけて、コウちゃんは凄い怒られ、クラトも結構怒られて2人とも泣いて、ざまあみろと思ったが、それでも先生が来るまでの間コウちゃんと互角にやりあったクラトは確実に株を上げた。

オレはそれを嫉妬して見ていて、コウジにオレだったらコウちゃんを泣かせてたぜ、と言ったが「虚勢はみっともない」とたしなめられた。

いつの間にか自分の話になっちゃって恐縮です。でもそれほどまでにクラトの力は凄いのだ。

クラトは兵隊を3人も連れていた。シュートという名のサッカー好きの家の子供だけど本人はサッカーより野球が好きという色の白い痩せて目の飛び出た男。ヤスシという美少年。親たちが「ヤスシ君は可愛いわね」と噂しているのを聞いたことがある。ヤスシは結構お喋りが面白くオレとも結構仲がいいのだけどなんでクラトなんかの兵隊をしているのか。あとジュン、ジュンは小さくて素直だけどあんまり目立たない、いつもクラトの後ろにいて笑っている、いつも鼻水が出てる、丸坊主、みんなから愛されている。

クラトの兵隊の3人のうちシュートが一番強くてあとの2人は弱い。しかし、ヤスシは女児に人気が高く、クラト軍団の評価を確実に高めている。ジュンは見てると癒されるし。とにかく隙のない軍団なのだ。

「大将、オレたちもサッカーに入れてもらおうぜ」

「そうだな」オレはポケットからプロントザウルスを出すと口に含んだ。プロントザウルスは全体的にツルツルしてるから、こういうなんでもない時に舐めるのだ。

園庭の真ん中ではサッカーが行われていた。

サッカーと言っても、地面にゴールを描いてそこをボールが通過したら勝ち。チームも適当で自分のチームが負けそうになるといつの間にか寝返ってる奴がいたりする危険なルールだ。女も男もない。

キミエがつまらなそうに砂場の藤棚の柱に寄りかかってサッカーを見ている。

女児は男児より細かな、いくつかのグループを形成していた。

園舎の中で遊ぶ文化的なグループには、読書中心のグループと、オママゴトのようなチマチマした遊びをするグループがあった。園庭で男児と一緒に遊ぶアクティブなグループの中にも、いくつか派閥があるようだ。

キミエは今のところどのグループにも属さず、よく1人でいる。先生が気を遣ってどっかのグループに無理やり入れることもあったが、結局長続きしない。女児にはキミエの他にもそういう子が何人かいるみたいだ。男児の方はそういう子はいないように見える。もしかしたらいるのかもしれないがオレは気付かないでいる。

「大将、大変だ」コウジの声がする。

三輪車を取りに行ったコウジが、妖怪の本を小脇に抱えて走って戻ってきた。

「なんだ?」

「オレのマシーンがねえ」

「何?」

オレはさっきまで三輪車が置いてあった場所を見る。確かに見当たらない。

コウジは幼稚園の備品である三輪車を1台、自分のものにしていた。

三輪車は全部で7台あり、そのうち5台は新品の、赤い塗装もはげていないピカピカの新車。残りの2台のうち1台はペダルが壊れていて、右足を乗せるプラスチックの部分がなくなっており、それを支えていた金属の棒だけが残った状態だった。ハンドルのグリップのゴムもなくなって鉄が剝き出しになっていた。先生はそれを捨てようと思って、花壇の奥の園舎の陰のところに放置していたがコウジはそれを見て泣き、捨てるなと主張したらしいのだ。

オレたちの園は仏教系で男の先生は基本的にお坊さんなので、コウジの「ものを大切にする心」にうたれ三輪車は捨てられないことになった。その話を朝の会のときに副園長先生が喋ったので、そのボロ三輪車はなんとなくコウジのものという園内の認識を得たのだった。

そんなわけでコウジは自分で救ったその三輪車を「オレのマシーン」と呼び園内の移動は常にその三輪車で行った。オレですらたまにしか乗せてくれなかった。

「さっきまであそこにあったよな」

「ああ」

コウジはオレの方を見ようともせず、ウロウロと辺りを見回している。

「副園長先生がやっぱりまた捨てようと思ったんじゃねえのかい？」オレが言うと、

「ありうるな」コウジはそう言って、以前、マシーンが放置されていた場所へ向かった。

オレも続く。

その場所は花壇のさらに裏側で、園舎の陰になっているところだった。人さらいが出る可能性があるから行くなと園長先生に言われている場所だ。

昼でも薄暗い。それにちょっと涼しい。

何かベッドのマットみたいなものが捨てられている。それがちくわみたいに巻かれて立っている、雨に濡れて染みがついていてかなり気持ち悪い。

むかし意地の悪いおばあさんがいてそのマットの中で死んでそれで、おばあさんの悪い心がマットにしみついて妖怪になって園児を襲う。ありえない話じゃないな、そんなことこの世界にはゴロゴロしてるんじゃないのか。オレは結構ビビっていた。

「ねえんじゃないか？　ここには」

「あのマットの陰が怪しいと思うんだが」コウジもビビりながら言って、オレは安心した。

「ああ、でもあのマットの陰にはないと思うぜ」

「うーん。なあ大将」コウジがオレを見る。

「何?」

「見て来てくんないかい?」

「なんでだよ」

「おりゃあ恐ええんだよ」コウジはそう言ってさらにオレを見た。

このスポーツ刈りめ! ずるいぞ。ずるいやつだ。

オレははっきり言って物凄く恐い。多分コウジより恐いと思っている。

でも、ここは大将として兵隊に尻込みする姿を見せるわけにはいかぬ。オレは
「えぇー嫌だなー」という顔をしていたが、コウジからは見えない角度を保ち、そ
れでそのままマットの方に歩き出した。

よく見るとなんだか細かい染みがいっぱいある。オレの目はまだ数年しか使われ
ていないので無駄に性能が良い。

よく見える。なんか顔みたいな染みもある。

うわー顔みたいだなー、あんまり見ないようにしよう。

と思えば思うほど見てしまう。しかも、コンクリの地面に風で運ばれた砂やら土

やらがうっすらたまってそれが濡れてぬかるんでいる、その感触がまた気持ち悪い。

オレは嫌になった、振り向くと心配そうに膝頭をくっつけて内股になったコウジがこっちを見ている。妖怪の本を小脇にかかえ両手で園服の裾を持っている。

オレは無理にニヤけた顔を作ってみた。コウジもそれに答えて口元だけでニヤっと笑う。

笑うな！

こっちは恐いんだ。口の中のプロントサウルスを唇の先から頭だけニョキっと出した、引っ込めた、出した。青いプロントザウルスがオレの唇から頭を出したり引っ込めたり。これならオパケも襲ってこまい。

オレはゆっくり、マットの後ろにまわり、死角になっていた場所を見た。良かった、何も無い。じゃなかった、残念、マシーンは無い。

コウジの方を向いて、その場を後にしようと振り返ったら、マットがオレの後ろにあるわけで、後ろは見えなくて、見えない場所に恐いものがあるってことで「わー」と思って実際「わー」っと叫んで走り出した。恐い。

オレが走り出すと、コウジも鬼の形相を見せ走り出した。

オレはムカついた。オレより先に逃げやがって。オレはコウジの背中を追って走り、追いつき、やがて追い越してやろうとしたが、オレは足が遅かった。

コウジの方が断然速く、園庭の隅でサッカーの審判をしていたコバヤシ先生の足に抱きついてオレを待っていた。オレは息を切らしコバヤシ先生のもう片方の足に抱きついた。

「なんで、逃げる、んだよ」オレはコウジに言った。

「だって大将が逃げるからだろ」

「違うよ、コウジが走ったからオレは追いかけたんだよ」

「違うよ先に大将が逃げ出したんだぜ」

「違う」

「じゃあ良い」コウジは折れた。

「それでオレのマシーンはあったのかい？」無かったことはコウジにも推測出来たろう、それでも一応礼儀として訊いてきた。

「いや」オレはそう言ってある一点を凝視していた。

「どうしたんだい？」

「どうやら、戦争になりそうだぜ」

「え？」コウジはオレの目線の先を見る。そして「そのようだな」と、言った。

オレたちの目線の先には、コウジのマシーンに乗ったクラトがいた。

オレはプロントサウルスを一度強く噛んで、口から出し、コバヤシ先生のジャージでよだれを拭うとポケットにしまった。

ついにクラトとやる日が来たな。ち、いつもの頭痛がしてきやがった。

オレとコウジはクラトたちの方へゆっくり歩き出した。


クラトたちは鉄棒のところにいた。鉄棒は園庭の端っこにある。

オレたちの領地である花壇のところとは反対側だ。園門の右側で、風が吹き溜まるためか砂利が多く、園庭の茶色い土色と比べ白っぽい。

園門を挟んで向こう側には砂場がありその藤棚のところにはキミエが立っていた。オレたちを見ている。

オレとコウジはいきり立ち、クラトとその兵隊を睨む。

シュートがオレたちに気付いた。ヤスシが緊張する。ジュンがオレたちに手を振る。オレは怒りに満ちて、一応手を振り返した。コウジも鬼の形相でジュンに手を振っている。

三輪車にまたがったクラトがこちらを向く。オレを睨みつけ不動。

オレはゆっくりクラトの方へ歩いた。オレとクラトの間に緊張が走り、空気を感じたのかクラトの取り巻きたちは大人しくなった。

オレとコウジは、クラトとその兵隊や取り巻きたちと対峙した。

「なんの用じゃい？」クラトが先に口を開いた。

「その三輪車、コウジのものとわかって使ってんのか？」

オレはドスの利いた声で言おうとしたが、上手くいかなかった。途中から普通の声になった。

「あん？」

クラトはゆっくり三輪車から立ち上がり、オレを睨む。見下ろした、と言ってもいい。オレは年少さんの中では二番目にでかい。一番はクラトだ。オレたちは4月生まれだ。オレが13日でクラトが3日だ。クラトの方が10日間だけ大人だった。しかしオレとクラトのでかさにはずいぶん差がある。

こうして近くで並んでみると、オレはアゴを大分上げないとクラトと視線が合わない。

でかいぜ。天然パーマで目が細いぜ。

半袖の園服から伸びる2本の腕はオレより1・25倍ほど太かった。見えるところでは、確かに勝てる要素は見つからねえ。でも喧嘩は見えるところだけですするもんじゃない。オレはクラトを見上げて言った。

「その三輪車、コウジのだぜ」

「何？」

クラトはシュートを見た。

「へえ、確かに、そうみたいです」

「なんで、おまんらコウジのマシーンなんぞ持ってきやがったんじゃ」クラトはシュートを怒鳴りつけた。シュートが縮こまる。

あれ？　思ってたのと違うぞ。

クラトはオレたちにケンカを売るためにコウジのマシーンを取ったのかと思ったが。

「返せよ」

オレは、クラトが故意で取ったのでないことを承知したが、それでも怒りの矛先を収める方法を知らず、剥き出しの怒りをそのままにクラトに詰め寄った。

「あん？　なんじゃい貴様、三輪車はみんなのもんだろうが、なんで貴様に返さにゃいけないんじゃい」

一理ある。いやクラトが正しい。

だが、そんな道理や理屈だけに縛られるようなオレじゃないぜ。オレは「何ー」とか叫んでクラトにつかみ摑みかかることも可能だったが、さすがにそれはどうかと思った。

「でも、コウジが助けた三輪車なんだからコウジのだろ」

と、とりあえずもう一度言ってみた。

クラトは考えている。

「代わりの三輪車を持ってきたら返してやる」

そう言って踏ん反り返った。プライドだクラトの。わかる。でもオレにもプライドってもんがあるんだぜ。

「てめえで取ってきな」

オレは言い放った。クラトがびっくりしている。風が吹きオレのオカッパを乱す。

クラトの兵隊たちは泣きそうになっている。

ああ、オレは今相当格好良い。生まれて二番目に格好良い。一番格好良かったのは、覚えてないけど多分ママのお腹から飛び出した瞬間だろう。でも、その次に格好良かった記録を破り、今この瞬間が格好良かったオレの第2位になった。

オレは拳を固めた。体当たりして倒し、ほっぺたをつねってやろう。飛びかかる間を計っている。ここでオレから飛びかかるのは道理に反する。何かしらクラト側のアクションを待って飛びかかるのだ。

オレは腰を少しだけ沈めた。シュートはコウジに任せよう。

視界の端に映るコウジを確認する。と、コウジが動いた。え？

そこにいた全員がコウジを見る。コウジは飛び跳ねんばかりに駆け出した。え？　逃げちゃったの？　オレはクラトと目を合わせた。

クラトも「いや、オレにもわかんないけど」という顔でオレを見た。

オレたちはどうして良いかわからず、しばらく見つめ合っていた。

「大丈夫か？」

クラトが言った。

「うん。ちょっと待って」

オレは言う。

サッカーをしているど真ん中を抜けて遠くからコウジが戻ってくる。コウジは猛然としたスピードで、こちらに戻ってきた。三輪車に乗っている。

「おう、持ってきたぜ」

そう言って、三輪車をクラトの前に停めた。

「新しい奴の方が空いてたから持ってきたぜ」

そう言うと満面の笑みで、三輪車から降りた。

クラトは「ああ、うん」みたいなことを言ってコウジの持ってきた三輪車に乗り換えた。

コウジは自分のマシーンにまたがると、「行こうぜ大将」と明るく言った。

＊　＊　＊

オレは砂場の縁にコウジを座らせている。

コウジは砂場の縁に腰掛け、手は自分の三輪車のサドルに置いていた。オレを見ない。オレはコウジの前に立ち、腕を組んでいた。

「おかしいだろ」

コウジは黙っている。オレが何で怒っているのかわからないという態度だ。だが、絶対わかっている。

オレが何で怒っているかわかっているくせに、わからない振りをして丸くおさめようという腹だ。

　スポーツ刈りめ。

　オレはコウジに説教を始めた。

　そういうことしたら、オレがなめられるし、それはお前にとってもあんまり良いことじゃないだろ。といった内容の説教を切々と繰り返した。

　コウジは相変わらずオレと目を合わそうとしなかった。覗き込むと目が潤みはじめている。充分わかったみたいだな、よしもう一回言っておこう。オレが口を開きかけると、半分笑ったような声がした。

「でもあなた、あそこでクラトに勝てたのかしら？」

　振り向くと、藤棚の柱に寄りかかったキミエがこちらを向いていた。

「勝ったさ」

「どうかしら？　あなたコウジのおかげで命拾いしたんじゃなくて？　そうやってのうのうと説教たれていられるのも、コウジのおかげだってこと、本当はわかってるんじゃなくて？」

「何？」

「あら？　図星だったかしら」

キミエはそういって髪を掻き上げた。藤棚の木漏れ日がキミエの顔にまばらの模様をつけている。光が目に入りうっとうしそうに片目をしかめた。

図星だった。オレはコウジに助けられたのだ。

その事実を歪曲《わいきょく》するためにコウジに説教をし、お前が止めなかったらオレはクラトに勝っていた、という幻想をコウジにも共有させようと思っていたのだ。

それは無意識に行った防衛かもしれない。もしくはそれを意識的にやっていると思いたくなくて無意識の仕業と思い込んだことこそ防衛かもしれない。とにかくキミエの介入でオレのプランは台無しになった。

「行こうぜ」

オレはコウジに声をかけた。

「ああ」

コウジはボソリと言った。

「お前、女じゃなかったら今頃ボコボコにしてたぜ」

オレはキミエにそう言った。キミエは下を向いてオレを睨みつけている。オレは砂場をあとにした。

キコキコ音がする。三輪車の音だ。コウジが付いてきている。

ダダッ、と音がする。

後方で何かが動いた。うなじに風を感じる。振り返る。何かがオレに飛びついてくる。首に何かが巻きつく。それを取り除こうとしたオレの右腕に激痛が走る。相手の顔が見えた。

キミエだ。

キミエが後ろから走り来てオレに飛びついて腕で首を絞め、残りの手で腕をつねっているのだ。痛い。爪を立ててつねってくるから痛い。

ううっ。腕の薄皮がやぶれ血がにじみ出す。

「なんのつもりだ？」

オレは首に食い込む腕に抗ってどうにか声を出す。キミエはつねる指に力を入れた。

オレはあまりの激痛に泣きそうになる。コウジが指を咥えて見ている。比喩《ひゆ》じゃなくて、実際口に指を咥えている。

オレは強く腕を振った。キミエの指が外れる。ついで首に食い込む腕も外れた。キミエはその拍子に体勢を崩し、膝をついた。

慌てて腕を見たらうっすら血がにじんでいる。泣きたい。ここで泣いたら終わりだ、オレはこらえて、指によだれをつけて傷口に塗る。キミエを見た。髪が乱れている。仁王立ちに立ちあがり、両腕をぴんと伸ばしておろし、肩で息をしている。オレを睨んでいる。目には涙がにじんでいる。

キミエはそのまま泣き出した。オレは意味がわからない。

先生が来て、大ごとになった。

コウジが先生に事情を説明している。先生はキミエに事情聴取を始めるが、キミエは泣いてヒックヒックするだけでどうしようもない。

オレは立ち尽くし、とにかく何かしてないと、その場にいることすら辛かったので、キミエにつけられた腕の傷を観察し続けた。

皮膚が擦れて破れ白くなっている、その下がうっすら赤くなって血がにじんでいる。血液は外に垂れていない。皮膚がうっすら濡れる程度の出血だ。よだれは乾いている。

未だにジンジンするがその痛みは徐々に引き始めている。この痛みが完全に引いたらオレは被害者ではなくなってしまう気がして、痛みがどこかに行ってしまわぬよう、痛みに集中した。

キミエが泣きながら来て「ごめんなさい」と言った。オレにはまだ事態が飲み込めていなかった。

先生が、「タカシくんが悪いのよ」みたいなことを言った。一体どんな伝わり方をしたのだろうか。オレは黙っていた。

泣いているキミエが凄くかわいそうに思えてきた。でもここで許すのって、それで大丈夫？　あってる？　許しちゃ駄目なんじゃないの？　オレにはわからなかった。凄く緊張する。心に得体の知れぬ圧力がかかる。

オレは泣き出した。

先生がどうして泣くの？　と訊く。オレは「頭が痛い」と言って泣いた。もうキミエにつねられたところは痛くも痒くもなかった。

キミエはオレの泣きに負けじと声を張り泣く。オレもさらに声を出した。オレたちは泣いた。

3

ああ、今日は頭痛がひどいぜ。

少しでも動かすと、こめかみにフランケンシュタインみたいにネジがついててそれがグイグイ締め付けられるみたいに痛いぜ。

オレはもしかしたら、パパとママの子供じゃなくて腎臓人間なのかもしれない。腎臓人間の腎臓ってなんで腎臓なんだろう？　今度おばあちゃんに訊いてみよう。

オレは昨日ママに泣きついて、またラブラブシールを買ってもらった。オレのラブラブシールは、筆箱にスポーツカーの絵が見えなくなるほどたくさん貼り付けられている。ご飯が見えないイクラ丼みたいだ。

そのことを考えていると、少しだけ頭痛が楽になる。

サンルームは2階のスミレ組の前にある。ルームというわりには仕切りがない。硬いスポンジで出来た大きな積み木クッションと、マットが置かれている。その脇には色とりどりの木の箱がありお人形さんや、ぬいぐるみ、小さい積み木などが収められている。好きに使って遊んでいいが、終わったあときちんと片付けないとあとで怒られる。

そして深緑の木の箱の底には、あの呪われたブチューマンが収められているのだ。

ブチューマンは園児たちに恐れられる呪われた人形だ。物凄い古いピエロの人形で、染みだらけで、片目がなく、唇が妙に赤くブチューするときの形をしている。ブチューマンにブチューされた園児はブチューマンになってしまうのだ。

オレも一度だけその悲惨な現場を見たことがある。年長さんたちが、生意気な園児にブチューマンを使ったのだ。ブチューされた園児の半狂乱の瞳を今でも忘れられない。

ぞっとしないぜ。

近頃、陽気が良い所為か、サンルームはあまり人気がない。みんな外で遊んでいるからだ。オレはベッドを作ってそこに横になっていた。

スポンジの積み木は、四角いのや三角のや円筒形のもの、それから三角の一辺が湾曲していてちょうど三角と丸を組み合わせた形のものなど多種多様な形があった。オレはそれらを上手く組み合わせてベッドを作ることが出来た。この作り方はまだ誰にも教えていない。ヤスシが教えてくれと言ったが、奴はクラトの兵隊なので教えなかった。

1人でサンルームに横になっている。園庭からみんなの声が聞こえる。

オレは目を閉じて頭痛がしなかった昨日のことを思い出していた。

サンルームだけあって、大きな窓から太陽が入ってくる。まぶたを透過して光が見える。暑い。よーく見るとまぶたに血管が見える気がする。オレのおばあちゃんは痩せていて、全身にムラサキやアカの血管が浮き出てて妖怪みたいで格好良い。

おばあちゃんに会いたい。

明かりがさえぎられた。

驚いて目を開けると、オレの顔を女が覗き込んでいる。

女の髪の毛はオレに向かって垂れ下がっていた。前髪はリスのついた髪留めで留まっていておでこが露出している。形の良いおでこだ。

大きな目は黒目の割合が高い。小さな鼻の下には厚いけど小さな唇が半開きだった。そこによだれが溜まっている。

よだれは重力に引かれてだんだんこちらに迫ってくる。

オレはよだれを見て慌てた表情をする。女はジュルとよだれを吸い込んだ。

右手の甲でよだれを拭って、笑った。オレも少し笑った。

馴染みのない顔だ。多分スミレ組だろう。

「ユイ」

女が言った。それが女の名前らしい。

オレはその名前を知っていた。先生が「ユイちゃんは病気だ」と言っているのを聞いたことがある。なんの病気かわからない。いたって健康そうに見える。

「タカシ」

オレも言った。

ユイは右腕を上下に烈しく振ってその反動でピョンピョン跳ねはじめた。笑っている。

オレはどうして良いかわからなかったので、しばらく見ていた。

ユイは呆気にとられて見ているオレに臆することなく楽しそうに跳ねていた。

オレの中には照れ臭さだとか、ユイに対する警戒だとか、そういう自分を消極的にさせる感情がたくさんあったが、ユイの態度を見ているとどうでも良くなってしまった。ベッドから転がり落ちるように降りると一緒に飛び跳ねた。

ユイは喜んで一緒に跳ねた。跳ねながら走り出す。オレは後を追いかける。追い抜く、追い抜かれる、教室に入って机の間を迷路みたいにして遊んだ。

心が通じるというのはこういうことかと思う。オレとユイはほとんど一言も言葉を交わしていないのに、仲良しになった。オレたちはずっと笑っていた。

いつの間にか頭痛は消えていた。

＊　＊　＊

オレは2階の廊下の端にあるサンルームでコウジにラブラブシールを見せていた。

園庭には園児たちが群れている。この場所はオレたちの居場所になっていた。

「すげー量だな大将」

「すげーだろう。ママに買ってもらった」

　コウジはオレの筆箱からラブラブシールを1枚はがし、窓からの陽光に透かす。

ラブラブシールは四角く透明なゴムのような素材で出来ている。小さい袋に入って売っていて買うときは中に何が入っているのかわからない。開けてみて初めてそれが大きいのか小さいのか珍しいのかどうでもいいのかわかるのだ。

オレたちの射幸心《しゃこうしん》を見事に煽り、小さなお金をこつこつ大きく集めることに成功しているのだ。

園児たちは経済が破綻するまで買い続けてしまう。ゆえに、ラブラブシール界は園児たちにとって鬼のすみかのようなものだった。幸いオレはたしなむ程度だが、深く足を踏み入れたものはラブラブシールの修羅となるのだった。

手に入れてからも、いろんなところに貼ったりはがしたりが醍醐味で、お互いのコレクションを交換したりプレゼントしあったりすることも出来た。

「この星のマークのやつなんて珍しいぜ。こんな色見たことない」

コウジは爪の先ほどのラブラブシールを、日にかざしたり、様々な角度からじっくり観察しながらオレに言った。

「それか？　ダブってるから何かと交換してもいいよ」

「え？　なんでもいいのかい？」

「え？」

「なんでもいいのかい？」

「いいよ」

コウジが驚いてオレを見る。オレは頷いた。オレに感謝の言葉を述べながら、自分の筆箱からラブラブシールをはがし、オレの星のマークのものと交換するコウジを、遠い目で見守った。オレは今日も頭が痛い。最近続けて痛い。

「どうした、具合でも悪いのかい」

「ああ、いつもの頭痛さ」

「そうかい。気の毒にな」

「オレ死ぬかもしれない」

「なんで？」

「だって、ここのところ毎日のように頭が痛いんだ」

「何か思い当たるふしはあるのかい？」

オレは口の中から緑色のステゴザウルスを出した。よだれに濡れて緑のゴムが乾いている時よりも深い色に見える。

「こいつかもしれねえ」

「恐竜のゴム消しが？」

コウジは消しゴムのことをゴム消しと言う。チリガミのこともチリシと呼ぶ。おばあちゃん子だかららしいが、オレもおばあちゃん子だけど、そんなこと言わない。

「こいつから毒が溶け出してるらしいんだ」

「なんだって？」

「オレはティラノザウルスの消しゴムを飲み込んじゃったことがあるんだ」

「じゃあ、今でもお腹の中にあるのかい？」

「ああ、多分な。それに今でもこうやって舐めてるから、毒が出てるんだって」

「毒が？」

「ママが言ってたぜ。消しゴムを舐めてると毒が溶け出して癌《がん》になるって」

「じゃあ、なんだってそんなもん舐めるんだい」

「癖さ」

「大将、お前、癌なのか?」

「ああ、どうやらな。脳みその癌らしい」

そうだったのか。コウジにそう言ってみて、オレも初めて知ったのだ。どうやらオレは癌らしい。そう考えると合点がいく。誕生日でもないのに、なんでママはラブラブシールを買ってくれたのかわからなかったが、なんてことだ。オレは癌なのだ。もうママにもパパにもおばあちゃんにも会えない。

そう思うと悲しくて悲しくて、涙が出そうになる。

コウジはそんなオレを見て、クッションのブロックを並べ始めた。コウジにだけはベッドの作り方を教えてやったのだ。

「横になりなよ」

「すまねえ」

オレは横たわる。壁沿いに建造されたベッドは、冷たい壁で頭を冷やせるようコウジが気を遣ってくれた。オレは冷たい壁に頭を付ける。コウジが覗き込む。

「どう?」

「幾分か楽だぜ」

「そうかい」

コウジは微笑んだ。

「なあ、コウジ、オレが死んだら悲しい？」

「うん、悲しい」

コウジはそう言ってそっぽを向いた。

オレもなんとなく首を動かしてコウジの見ている方を見た。

廊下の向こう端、遠くからカネダがこっちを見ている。1人で胡坐をかいている。暇そうにしている。

カネダ。園の中でカネダだけカネダと呼ばれていた。ママたちでさえカネダのことは、カネダ君と呼んでいた。オレたちはタカシ君やコウジ君なのに。

カネダは内気な奴で、大抵は1人で遊んでいた。「いれて」とか「遊ぼう」とか、自分で言えないのだ。

体は大きく、背はオレより低いものの、体重はオレよりずっと重かった。

オレはカネダと2人で遊んだこともあるが、カネダは人形で遊んだりするのが上手く、面白かった。それ以来、なんとなくカネダのことは気になっていた。

「コウジよ、すまねえが、呼んできてやってくれ」

「あいつをかい？」

「ああ、カネダって言うんだ」

「知ってるけど、あいつ、いつも1人だぜ」

「でもあいつ、結構面白いんだ」

「そうかい、かまわないぜ」

コウジは立ち上がり、カネダの方へ向かった。コウジはこういう時、気持ちが良い。オレだったら少し嫉妬してしまうかもしれない。

向こうでコウジがカネダに話しかけている。カネダが頷くのが見えた。

コウジに連れられてカネダがやってきた。こうしてベッドに横になりながら見るとカネダはさらに大きく見える。

「何？」カネダは言った。

「おう」オレは言った。

カネダはオレの筆箱を見ている。

「ラブラブシールまた買ってもらったの？」

「うん、ママに買ってもらった」

「見ていい？」

「いいよ」

カネダはそこに座って、筆箱に貼られたラブラブシールを、1枚1枚まるで宝石を鑑定するかのように見る。オレとコウジは固唾を呑んで見守った。

カネダは有数のコレクターなのだ。財産の全てをラブラブシールにつぎ込んでいる。

「これとこれは珍しいよ。これなんか僕も持ってない」

オレはにやけた。

「オレのも見てくれよ」

コウジがそう言って自分の筆箱を出す。

オレは頭痛も忘れてコウジとカネダとラブラブシールの良さを語り合った。

「お前のコレクション見せてくれよ」

「いいよ、取ってくる」

カネダが肥えた肉体を揺らせ、走り去る。

「カネダコレクション」

「どうしたコウジ」

「何でもねえ。よだれの出るコレクションだぜ」

「ああ、だろうな」

オレは体の力を抜いて、壁につけた額の位置を変えた。今までのところはもうぬるくなってしまっていた。

カネダのコレクションは筆箱には貼り切れず、下敷きの裏表にもびっしり貼り付けられている。

視界の端に、廊下の遠くで壁にかかった自分の園バッグを漁るカネダの姿が見える。園バッグから筆箱と下敷きを取り出し、カネダの動きが止まった。

「ん?」オレは少しだけ体を起こした。

「カネダのやつ、動かねえぜ」

オレが言うとコウジも不審に思っていたようで「ああ」と言いながらじっとカネダを見ている。

カネダは動かない。

「コウジすまねえ、見てきてくれねえか」

「ああ」

言い終わる前にコウジは走る。

胸騒ぎがするぜ。鼓動に合わせ、こめかみ辺りがズキズキ痛む。

「大将、ちょっと来てくれ」

コウジが叫ぶ。

「どうした？」

オレは頭を気遣いゆっくり立ち上がった。嫌な予感がするぜ。

＊　＊　＊

お遊戯の時間が終わり、園庭の端の花壇のところでまたぐずり出したカネダを前にオレは嫌な顔をしていた。

「しょうがないだろう。どっかに落としたんだよ」

そう言うと、カネダはオレを睨むようにして言う。

「違う。落とさない。盗まれた。」

ヒックヒック言いながら話すカネダの言葉はよく聞き取れなかったが、多分そのようなことを言った。

「誰に？」

カネダは一瞬黙り、また泣き始めた。

「先生に言おうぜ、な」

カネダの肩を叩いてそう言ったが、カネダは微動だにせず言う。

「言っても、スプリングマンは返ってこない」

うんざりだ。面倒臭い。オレは頭が痛くてイライラしている。

スプリングマンとは、ラブラブシールに描かれた絵で、スプリングみたいな男だ。ラブラブシールの中で一番でかく、一番出難いと噂される、カネダコレクションの目玉である。

スプリングマンの無いカネダコレクションは画竜点睛《がりょうてんせい》を欠く。

そのカネダのスプリングマンが無くなった。確かにかわいそうだし、本人にとっては大変なことだろうが、オレにはオレの頭痛の方が問題だった。癌なのだ。シールが無くなったどうのなんて話、癌の前では霞《かす》んでしまう。

「おーい」

コウジが三輪車を漕いでこっちに向かって来る。助かったぜ。

何か口走りながら来るが、三輪車の音で聞こえない。コウジの三輪車は歩くよりも何倍も疲れるが、走るより遅いのだ。コウジは途中で三輪車を降り、引っ張りながらこちらに向かって走って来る。しばらくそうしていたが、自分で引っ張る三輪車に何度か右足の踵を轢かれ、コウジは再び、それに飛び乗って、また漕ぎ出した。

オレとカネダはその一部始終を見ながら、コウジがこっちにやって来るのを待った。

コウジはオレたちの前までやって来ると、「大変だ」と呟きながら三輪車を降りた。

「どうしたコウジ」

「大変だ」

「うん、大変なのはわかったけど、何が大変なんだ?」

「わかった」

「だから、何が?」

膝に手をつき息を整えるコウジを急き立てる。カネダも真剣な顔でコウジを見ている。

「取ったのはクラトだ」

園庭に強い風が吹く。オレたち3人の髪を乱す。座り込んだカネダが、膝頭に両手を突いたコウジが、オレを見る。

「わかってるさ」

「大将」

「やるの?」

オレは2人に頷いた。

クラトとやるのは初めてだ。

頭が強く痛むぜ。

オレとコウジはカネダを置いて園舎の方へ向かう。

「詳しい情報を聞かせろ」

「クラトはプレイルームにいる」

「数は?」

コウジは立ち止まる。

「数は?」

オレはイラつき、コウジを振り返った。

「6だ」

「ろく、か。ヤスシとシュートとジュンと、あとは誰だ」

「ヨウスケ」

「ヨウスケは参戦しないだろう」

「わからないぜ、あいつ、最近クラトとばっかり遊んでるし」

「そうか」

「もう1人は？」

「それで全部だ」

「そうか」

　オレたちは歩き出す。

「え、そしたら5じゃない？」

　コウジは、オレの言葉を聞いて視線を前に向けたまま言う。

「大将、やつらのコチョコチョ地獄には気をつけてくれ」

「コチョコチョ地獄？　やつらあれをやるのか？」

「ああ、スミレ組のやつらがプレイルームでクラトとひと悶着起こしたとき、クラトたちはあれをやったらしい」

　オレは生睡を飲み込んだ。コチョコチョ地獄に耐えられる自信はさすがのオレにもなかった。

「なあ、引き返してもいいんだぜ」

「笑わせるな」

　オレは再び歩き出す。イチョウの木にキミエが寄りかかっているのが見える。下を向いている。

オレとコウジはキミエの前を通り過ぎる。オレはキミエを見ない。コウジはチラッと見ていた。

「あんた」

キミエが声をかける。オレは一瞬立ち止まり、すぐにまた歩き出す。

「人でも殺しそうな顔してるわよ」キミエが言った。

オレは立ち止まり、振り返った。

「そうかい」

「やるの？」

「ああ」

「死ぬわよ」

「どうせ死ぬんだ、いつか。癌だし」

「癌？」

「ああ、ゴムの毒で脳みそが癌なんだ」

「そんな」

「じゃあな」

オレは歩き出す、コウジはキミエに軽く手を上げた。

キミエはオレの背中に熱い視線を投げかけ、その瞳を潤ませている、はずだ。背中をかっこよく見せるためにポケットに手を入れ、少し猫背に歩いた。

砂ぼこりの園庭を抜け、下駄箱で上履きに履き替える。その時にちょっとだけキミエを見たらイチョウの木に抱きついて登ろうとしていた。

「あ、なんだよ」

「どうした大将？」

「なんでもない」

くそ、頭が痛みやがる。

オレはオカッパを手櫛でくしけずり、ステゴサウルスを口に入れ、オオマタで廊下を歩く。「プレイルームだったな？」

「ああ」

プレイルームは廊下の一番端の園庭側にある。

「先生は？」

「いねえ」

コウジが立ち止まる。

「どうした？」

「大将、オレは戦えないぜ」

「ああ、わかってる」

コウジは3月生まれだから体が小さい、ケンカには向いていなかった。本人もそれはわかっていて、戦って負けるくらいならと、最初から戦わない道を選んでいるのだ。その代わり諜報能力《ちょうほうのうりょく》に長けていて、保育所時代の地獄をそれで乗り切ったのだ。

プレイルームの中から園児たちの叫声《きょうせい》が聞こえる。

オレはプレイルームの引き戸を思い切り引いた。

ダン。

プレイルーム内の園児たちが一斉にオレを見る。

蛍光灯の白々しい明かりに照らされた四角い部屋。大きく取られた窓からは園庭が一望できる。面白そうなオモチャに囲まれたクラトが兵隊をはべらせていた。

クラトは積み上げたクッションブロックの上に居る。

ルームの端の方でママゴトに興じていた女共も箸を休めた。

ユイがただならぬオレの姿を察してか、近寄ってきた。オレは無理をしてユイに微笑みかける。

「すまねえが出てってくれねえかい」

コウジが2人の間に割り込んで言った。コウジは女共をルームの外に出した。

「きさんら、何しに来よった？」

クラトがドスの利いた声を出す。クラトの兵隊たちはすでに臨戦態勢に入っている。

「ふざけろ。胸に手を当てて考えてみな」

クラトは胸に手を当てて考えてみる。言った。

「何しに来たんじゃい？」

「わからないのか？　もう一度、胸に手を当てて考えてみるんだな」

クラトはもう一度胸に手を置いて考えた。そして言った。

「なんじゃい？」

「お前カネダコレクションに手え出したろう」

「なんのことじゃい？」

クラトは細い目を広げ、吠えるように言う。シラの切り方まで堂にいってやがる。

「なんのことかと、訊いとんじゃい」

クラトはさらに声を荒げた。年少さん離れした肉体が、園服の下で隆起しているのがわかる。

オレは少し心配になり、コウジに耳打ちする。

「おいネタは確かなんだろうな」

コウジは下唇を突き出し、前歯を舐めながら言った。

「え、うん」

「おい」

「多分」

コウジはオレの目を見ない。

「お前、カネダのスプリングマン取った?」

オレはクラトに根本的なことを訊いてみた。

「取ってないわい」

「なんで?」

「取ってないって」

「嘘つけ。な?」

オレはコウジに同意を求める。

「取ったぜ、見たぞ、お前がスプリングマン持ってるの」

「これは買って当たったんじゃい」

クラトはクッションブロックの上から言う。焦っているようだが、どうなんだ?

「おい、あんなこと言ってるぞ」

オレはコウジにだけ聞こえるように言った。

コウジはオレを見ずに、クラトも見ずに床を見ながら言い放った。

「クラトがスプリングマン、取ったところ見たもん」

クラトの兵隊たちがクラトを見る。オレはクラトを見て、コウジを見た。

コウジは身体を硬くしている。

「嘘だね」

クラトは明らかに動揺している。

「おい、証拠はあるんだぞ」

オレは怒鳴った。証拠はなかった。

「ふざけんな、やれ」

クラトが兵隊たちに叫ぶ、ヤスシとジュンがクラトをじっと見ている。

「なんだよ」

「クラトくん、取ったの？」

ジュンが悲しそうに言った。

「取ってねえよ。いいからやれ」

クラトの兵隊共が半信半疑のまま、オレたちに向かってくる。

「コチョコチョ地獄だ」

クラトが叫んだ。クラトの兵隊たちはオレに向かってくる。オレは咄嗟に、コウジを前に出すと、クラトの兵隊たちの脇を抜け、クッションブロックの上に胡座をかいたクラトに突っ込んで行った。

後ろでコウジの悲鳴が聞こえる。クラトの兵隊たちとて、痛い目に遭いたくない。オレは体が大きいから、オレを避けて体の小さいコウジの方に行ったのだった。

コウジはクラトの兵隊たちに囲まれ、あらゆる部位をつねられ、動きを止められると、すでに上履きを脱がされにかかっている。

コウジは虚しく抵抗しながら、助けを求めてオレを見る。

「大将、助けてくれ。コチョコチョ地獄だ！」

すまんコウジ、引き付けておいてくれ。

オレは聞こえなかった振りをして、クッションブロックを登り、クラトに抱きつく。

　クラトはでかい。足を伸ばしてオレを蹴落とそうとするが、その反動で高く積み上げたブロックが崩れ、オレはクラトの上に覆いかぶさる。

「このガキぃ」

　下に組み敷かれたクラトは手を伸ばし、オレの右のほっぺたをつねる。

　鋭い痛みがオレの右頬に走り、鈍い激痛が続く。

　オレは渾身の力を込めて、口の中によだれをためる。

「うおー」

　オレは力の限り叫ぶと、唇の端から口内のステゴザウルスの顔をピュッと出した。

　クラトがステゴザウルスにビビって、つねる指を弱める。チャンスだ。オレは口にためたよだれをステゴザウルスに沿わせるように垂らす。

「何さらすんじゃ」

　クラトは叫んで、慌てて首を捻りオレのよだれを避けるが、オレはそれを追尾してよだれを垂らす。

　クラトの額にオレのよだれが垂れた。

「うわー」

クラトは慌ててオレのよだれを拭った。

「見たか」

オレは叫ぶ。

クラトは逆上しオレのオカッパに手を伸ばした。避けきれない。クラトはオレの髪の毛を掴んだ。

「髪の毛引っ張りは女の技だぜ」

「ツパ垂らしよりましじゃい」

そう言うとクラトは力いっぱいオレのオカッパを引っ張った。痛い。ものすごく痛い。意識が遠くなる。向こうではコウジの泣きそうな笑い声がする。

オレは泣きそうになる。泣いたら負ける。

最後の気力を振り絞って、クラトの腕に手を伸ばし、二の腕を思い切りつねった。

オレの攻撃を受け、クラトの表情は歪んだが、それはすぐに微笑みに変わる。

「効かねえなあ」

「なんだと」

オレは爪を立ててクラトの腕をつねった。

クラトの顔が苦痛に歪む。いける。その時、オレの下半身が宙に浮いた。

戦意を喪失したコウジから離れたクラトの兵隊たちがオレを取り囲んでオレの足を摑んで持ち上げている。オレの上履きは脱がされた。

「貴様ら、コチョコチョ地獄をやる気か？」

オレが怒鳴ると、兵隊たちは下卑た笑いを浮かべる。

ここまでか。

「やめんかい。一対一の勝負じゃ」

クラトが怒鳴る。

クラトの一喝で兵隊たちが手を引く。オレの下半身が落ち、クラトの足に当たった。クラトは苦痛に顔を歪める。オレはクラトのほっぺたをつねった。

クラトはオレのオカッパをさらに引っ張り、痛さとクラトの男らしい態度に戦意を失いかけたオレを逆に組み伏せた。

オレは下になりクラトに髪を引っ張られ左ほっぺをつねられ、遠のいていく意識の中でコバヤシ先生の声を聞いた。

終わった。オレの完敗だ。

オレとクラトの戦いを見ていたキミエがコバヤシ先生を呼んだのだ。

オレたちは怒られた。クラトとオレは特に怒られた。

コバヤシ先生の前に並んで座らされ、責め立てられた。オレは先に泣き「クラト君が急に襲ってきた」と嘘をついた。

「嘘です、タカシ君が先に襲ってきたんです」とクラトは言ったが、オレはそのクラトの発言にさも驚いたような顔をして泣き止み、クラトを見たら、先生も騙された。

クラトはオレほど口がたたないから、言えば言うほどクラトが嘘をついているみたいになり、クラトはひくぐらい怒られた。

オレにも矛先が向きそうになったが、オレは先生たちが怒るに怒れないくらい大袈裟に泣きながら、窓から園庭を見ていた。

ユイが全然関係ない園児たちとナワトビをして遊んでいた。

いいなあ、オレもそっちに居たいなあ。

先生が怒り疲れ、オレたちは解放された。当事者はみんな泣いていた。それ以外の者は死んだ動物のような目でオレたちを見ている。哀れみや侮蔑、そして共感と恐怖、複雑に絡み合った感情を目の底に映していた。

あの目が忘れられない。

オレは1人でいつもの園庭の隅に座っていたが、コウジとカネダがやってきて、隣に座った。

「災難だったな」

オレは言った。コウジは答えない。

不思議に思ってコウジを見ると、どうやら怒っているらしい。何を怒っているんだ？　そうか、オレがコウジを囮《おとり》にして、その間にクラトにかかっていったことを根に持っているのだ。

確かにコウジはケンカしないと言っていた。でも、あれは仕方なかったじゃないか。怒りが湧いてきたので、その怒りをカネダにぶつける。

あのあとカネダの園バッグの底からスプリングマンが見つかったのだ。それはさすがに3人だけの秘密にした。それによってまだ世間はクラトが盗んだものと思っている。

オレたちは重い十字架を背負ってしまったわけだ。

そのことを延々とカネダに説教することによって、全ての発端はカネダにあることにして、コウジの溜飲《りゅういん》を下げることに成功した。

カネダも実際自分が悪いから何も言えないで泣きそうになっているところで、オレは優しい言葉をかけるのだった。これでカネダもオレの兵隊だぜ。

4

「お友達のこと兵隊とか言わないで」

コバヤシ先生の悲痛な叫びが教室に鳴り響いた。

オレとクラトは面食らって、思わず目を合わせる。

コバヤシ先生は後ろで結んでいた髪をほどいて、顔を覆った。やがて肩を震わせ泣き出した。

園児たちが心配そうにコバヤシ先生のところに寄って行って、オレとクラトを見る。

オレたちはすっかり悪者だった。

オレとクラトは食事中些細なことからケンカしだしたのだった。スプリングマン事件以来、緊張関係が続いていたから、小競り合いが絶えないのだ。今回はブチューマンの取り扱いについて、意見が分かれたのだ。

「ブチューマンは封印すべきだ危険すぎる」

これがオレの意見だ。

「貴様はビビってるんだ。ブチューマンが嫌なら使わなければ良いだろう。俺は俺のやりたいようにやる」

それがクラトの意見だった。

オレやクラトには腕力があるからそれでも良かったが、兵隊たちはそうはいかない。という文脈でオレは「兵隊」という言葉を使った。

俺の兵隊はそんなにやわじゃない、という感じでクラトも応戦し、クラトはオレの髪を引っ張り、オレはクラトの太ももをつねり始めると、コバヤシ先生が来て件の叫びをあげたのだった。

オレには未曾有《みぞう》の体験だった。大人が目の前で泣いている。しかも、オレたちの所為で。

どうして良いかわからない。先に泣かれるとはオレは本当に困ってしまった。オレも泣こうかと思ったがなんか分が悪い気がする。慰めるのも違う気がする。どうして良いかわからずとりあえず押し黙っていると、コバヤシ先生は立ち上がって教室から出て行ってしまった。

皆がオレとクラトを見る。何人かはコバヤシ先生を追って教室から外に出た。

クラトは泣きそうな顔をしていた。オレもきっと同じような顔をしていたに違いない。

オレたちは深く反省している演技をする。みんなの視線が冷たく突き刺さる。

コウジやカネダまでオレを睨んでいる。

もとはと言えばお前たちを庇う発言から端を発したんだぞ。とオレは思ったが、上手く言葉に出来そうにないので、黙っていた。

しばらくしてコバヤシ先生が戻ってきて、何も言わずにご飯を食べ始めた。コバヤシ先生に付き従った園児たちも、黙って、食事を再開する。どうやら教室の外で何かお言葉があったらしい。オレとクラトをチラチラ見るのだった。

オレも押し黙って自分の席に戻った。

オレは辛くて、なんだか責められているようで、でもオレそんなに悪い事してないのに、なんでこんな悲しい気持ちにさせるんだ、とコバヤシ先生に恨めしい気持ちを抱きながら、それでもなんだか流れはオレを反省へと導いた。

ここで反省しないと人間じゃないみたいな流れだった。お腹がすいてたけど、とりあえず食べたらまずい気がして箸を持たず黙っていた。

泣きそうだ。

キミエがこちらを見ている。オレは一瞥して目を伏せた。今、さらに感情を少しでも波立たせれば涙がこぼれてしまう。

「ねえ」

キミエがオレを呼ぶ。

今何かお話するのは悪いことのように思えて、キミエの呼びかけに答えるのをはばかったが、それでも誰かと話せるのは、とってもありがたかったから、オレはキミエの方を見た。

「あんなの嘘泣きよ」

キミエが憎々しげに言う。

「え？」

「あたし、下から確認してたの、涙なんて出てなかったわ」

「嘘つけ」

先生が嘘をつくわけがない、だって大人の人だから。

「ホントよ。大人はあんなことでいちいち泣かないわ」

　キミエはそう言ってスプーンを使ってカレーの中からにんじんをすくってお盆の上にペッと出した。

「なんで嘘泣きなんてするんだよ」

「バカなの？　あんたを手なずけるために決まってるじゃない」

「オレは手なずけられたりしないぞ」

　オレは頭に来て言う。

「ねえ、すっかりしょげてたのは誰？　思う壺じゃない？」

「壺？　なんの？　思う？」

「知らないわよそんなの、なんか壺でしょ、白い」

「白いの？」

「だから知らない」

「なんでお前は壺の話なんてするんだよ」

「壺の話なんかしてないでしょ？」

「わはは、嘘つけよ」

　オレは笑った。キミエがあまりにも大胆な嘘をつくからだ。

「何よ、今あんまり騒ぐとまた怒られるわよ」

「うん、知ってる」

コバヤシ先生がオレの前に立っている。腰に両手を当てている。怒っているときのポーズだ。

「ねえ、タカシくん、コウジくんはタカシくんの友達でしょ？」

「はい」

「兵隊なんかじゃないわよね？」

オレは黙っていた。

「兵隊だなんて言ってごめんなさいって、ちゃんと言わないとね？」

全くわかってない、そんなことじゃないんだオレとコウジは。そんな単純な間柄じゃないんだ。

「コウジくんに悪いと思わないの？」

先生は言っていることが全然ずれている。

「そういうことじゃないんです」

「何が？」

「だって、コウジはオレの兵隊だから」

「兵隊じゃなくて友達でしょ？」

「友達なんて、みんな友達じゃないか」

「何言ってるの？　ちゃんと謝って許してもらわないと、コウジくんは大切なお友達でしょ？」

違う、違うんだそういう、そういうんじゃないんだ。友達なんて軽い関係じゃないんだ、オレとコウジは。先生は全然わかっていない。

オレは上手く伝えることが出来ない。左手でご飯を食べようとしているみたいに、言いたいことはちゃんと頭の中にあるのに、言葉が不器用すぎて上手く出来ない。

涙が出てきた。意地になっていると思われている。そうじゃないんだ。だって絶対先生が違うし、でも、なんかオレが違うみたいになっている。

「コウジは友達じゃないです」

オレは泣きながら言った。

コウジはオレを見ていた。

＊　＊　＊

最近、コウジがクラトたちと遊ぶようになった。オレのところには来ない。オレもコウジのところに行かない。

バスの中でもほとんど話さない。

コウジはオレに怒っているらしい。怒っているコウジにオレも怒っている。コウジにだけはわかるはずなのに、なぜ先生の口車にのってしまうのかバカ。オレたちは友達なんかじゃない、もっと凄いなんかなのに。なんでわからないんだ。もしかしてそう思ってたのはオレだけなのか。

オレは考えると涙が出てくるから、考えないようにしているけど、考えてしまう。脳みそ癌でオレが死んでもコウジは泣くだろうか。後悔するだろうか。そう思うと、早く死なないかなと思ったけど、死んだらどうなるんだろう。悲しんでいるコウジのことも見れないのか。

オレは最近、ずっと絵を描いている。画用紙を何枚も繋げて恐竜の絵を描いている。

雨が降っている。

コバヤシ先生が「お買い物ごっこやる人集まれー」と言った。

クラスの園児たちがゾロゾロと先生のところに集まって行く。

オレは見ている。やりたいけどやらない。絶対オレがいたほうが面白くできるけ

いぞ。

ど、はいってやらない。

コバヤシ先生は、オレの方をチラチラ見る。気になっているのだな。絶対行かない。

クラトが輪の中心にいる、コウジもそこにいた。カネダやユイもいる。みんなオレの方をチラチラ見ている。みんなめ。罪悪感を持つが良い。

コバヤシ先生が何事かを指示して、みんなはノロノロ動き出す。準備に入ったのだ。

先生は準備に加わらず、しばらく立っていたが、オレの方を見た。そして歩き出す。

しめしめオレのところに来たぞ。

「タカシくんお買い物ごっこしないの?」

「しない」

「なんで?」

「疲れるから」

「疲れないよ、お買い物ごっこだから」

「疲れる。お買い物はママがいつもしているから、それを疲れないとか言っちゃいけないと思う」

「そういうお買い物じゃなくてもっと楽しいのよ」

「世の中にはお金がなくて楽しいお買い物も出来ない人たちもいるので」

「じゃあタカシくんはずっとココで見てるの？」

「見てない、絵を描くから」

「1人で？」

「うん」

「じゃあずっと1人で遊ぶのね？」

先生が念を押してきた、その裏に、今ここで輪にはいらないとあとで仲間に入れてあげないよ、という意味がこもってることくらいわかるや。でもオレは「じゃあやっぱりやる」とは言えない男だ。

「1人で遊ぶから良い」

と言った。泣きそうだったが、かわいそうな自分が少し気持ち良い。

オレは描きかけの恐竜の絵を広げだした。画用紙と画用紙をセロテープで何枚も繋いである。

先生はすぐにみんなのところに行ってしまった。もう少し健気なオレの姿を見てから行って欲しかった。

オレの恐竜は新しい恐竜でまだ発掘されていないから誰も見たことがない。カメドンだ。顔がカメの恐竜で全身緑色なのだ。顔以外はイグアナドンに似ている。指が全部角で出来ているのだけど、それで強いのだけど、手が角だったので絶滅してしまったのだ。

オレはクレヨンの箱を開けて、色を塗り出したがビリジアンがもう爪の先ほどしか無い。カメドンの身体はまだ半分以上白いままだったから、これは由々しき問題である。

オレはみんなの箱にビリジアンのクレヨンが無いか探しに行くことにした。

「しけた顔してるわね」

みんなの箱の横に座って絵本を読んでいたキミエが、オレを見て言った。

「オレの顔はもともとこうだぜ」

「あら、かわいそうに。仲間はずれにされて悲しんでるのかと思ったわ」

キミエは再び絵本に目を戻した。

「仲間はずれになんかされてねえ、自分からはずれてるのさ」

「一緒じゃない？」

「一緒じゃない」

オレは木の箱を開けて、中のごちゃごちゃしたものをかき混ぜながらクレヨンを探す。白色のがあったけど、これは持ってる。白のクレヨンはどこでも余っているのだ。茶色とか、緑とか黄色とか、皆が使う色は希少だ。

カメドンの色も白とかにすれば良かったのか。でも白い恐竜なんて汚れが目立っちゃうしなあ。

「何探してるの？」

キミエは基本暇なのだ。キミエこそ仲間はずれになっていた。偉そうだから、他の女児から避けられているのだ。最初のころは見た目が綺麗だから何人か取り巻きがいたが、今はいない。綺麗で性格の良いアリサが女児のリーダーだった。

男児の間ではアリサが人気だった。オレはユイが好きだ。おっと喋りすぎちまったな。

「何よ？」

「クレヨンを探してるのさ」

「忘れてきちゃったの？」

「ビリジアンのやつを使いきっちゃったのさ」

「黄緑ならそこにあるじゃない？」

「はっ、黄緑の恐竜なんているかよ。そんな黄色と緑を混ぜたようなやつは生きていけないいんだぜ」

「なんで？」

「だって、なんか薄いから」

「濃いのを探してるの？」

「ビリジアン、カメドンは濃い緑色をしているんだ。緑色の池に住んでるから」

「池に？」

「でかい池だぜ」

「カメなの？」

「違う、恐竜。お前、恐竜のこと知ってる？」

「あんまり知らないけど、トカゲみたいなやつでしょ？」

「全然違うよ、竜だよ」

「竜ってトカゲみたいなやつでしょ？　ヤモリみたいな」

「ヤモリじゃねえよ、恐竜だよ、でかさが違うんだ」

「でかいヤモリじゃないの？」

「なんでだよ、お前、でかいヤモリが恐いの？」

「恐い」

「恐がりだな。恐竜って恐い竜って書くんだよ。竜で充分恐いのに、恐い竜なんだよ。ヤモリなわけないじゃん」

「ふーん」

「カメドン見たいの？」

「え？」

仕方ない、オレはキミエにカメドンを見せてやることにした。

キミエを引っ張って、カメドンの前に立たせる。

教室の端っこのところに広がった数枚の画用紙の上にカメドンが描かれている。オレよりでかい。手のところはなかなか上手くいったけど、顔と体の継ぎ目のところが上手く描けず何度も描き直したから、ちょっと汚くなっている。

「これがカメドン」

オレはここにきてなんだか照れ臭くなってぶっきらぼうに言った。

「へー、大きいね」

キミエはどうして良いかわからないのか、カメドンそのもののことではなく、画用紙を見て言った。

「な、緑色だろ？」

オレは3分の1ほど塗られた緑色を指して言う。

「うん」

オレたちはしばらく黙っていた。オレはキミエに何か言って欲しかった。この後どういう流れに持っていっていいかわからない。

「そうね」

キミエが口を開く。

「ビリジアンのクレヨン、貸してあげなくてもないわよ」

うん？　どういうことだ。

「え、どっち？」

「だから貸してあげないこともないわよ」

「え？　貸してくれるの？」

「そっちが条件を呑めばね」

「条件？　言ってみな」

「あたしにも塗るのやらせて」

キミエはオレの顔を見ずに言った。

「おいおいそいつは出すぎた要求ってもんだぜ」

「そう、じゃあこの話は無かったことにしましょう」

キミエはそう言うとオレに背を向け、歩き出す。

「待ちな」

キミエが立ち止まった。

「お腹の部分だけだぜ」

「乗ったわ」

そう言うと微笑むのだった。


オレとキミエはカメドンの塗りに取りかかった。キミエのビリジアンを2つに折り、2人で塗っていく。

他の園児たちはもうお買い物ごっこに飽きて、別の遊びをしているようだ。最近流行の消防車ごっこだろうか。

オレたちだけはひたすらにクレヨンを走らせていた。キミエは塗りが雑で、オレが注意すると怒ったが、一応言うとおり塗ってくれる。

オレは顔のところに着手することにした。目を最初に描いてしまったので、それに合わせて他のパーツを置いていく。しまった目がでかすぎた。

「眉毛は？」

カメドンのお腹の辺りを塗っていたキミエが、頭の方にきて言った。

「眉毛なんて生えないだろ、恐竜だぞ」

「本当にそうかしら？」

そう言われると、不安になってくる。

「だって恐竜の絵本を見ても眉毛なんて生えてないよ」

「絵本だからじゃない」

「絵本だから？」

「本物を見たことの無い人が描いてるんでしょ？　絵本なんて」

「そうだけどさ」

「描いてみたら良いんじゃない？」

「眉毛を？」

「うん」

オレはもう一度、カメドンの顔を見る。確かに何か足りないような気がする。迫力が無いし、やる気が感じられない。どこか遠くを見ながら、いつも全然大事じゃないことを考えていそうな顔をしている。

オレは試しに、緑色の顔の上に、緑色のクレヨンで眉毛を書いてみた。うーん。

「どう？」

キミエがオレの隣で覗き込みながら訊く。

「少しりりしくなった気がする」とオレ。

「ほらね」

オレは緑色の眉毛の上を、黒いクレヨンでなぞる。迫力が出た。

「あ、凄く意志が強そうになった」

「ほら」

「なんか、やるって言ったら、絶対やりそう」

「絶対にお風呂一番最初じゃないと嫌だって言いそう」

キミエがアゴに手を置いてそんなことを言った。

「なんで？」

「うちのお父さんがそうだから」

「お父さんに似てるの？」

「似てないわ、うちのお父さんはハンサムだもん」

「ハンサムって外人？」

「違う」

けたたましい泣き声がしてオレとキミエはそちらを見た。

人だかりが出来ている。泣いているのはユイだ。オレは立ち上がり、走る。

「ちょっと」

後ろでキミエが呼び止める声が聞こえた。


「何があった？」

オレは近くの園児に尋ねる。

「さあな、どうやらクラトがユイのキーホルダーを取ったらしいぜ」

「何？」

オレはクラトの方を見る。そこにはもうコバヤシ先生が来ていて、クラトを問いただしている。クラトは泣きそうになっている。

「クラトくんが取ったの？」

「取ってねえ。俺はこいつがこれを落としたから拾ってやっただけだ」

クラトはそう言ってフェルトで作られた汚い女の子の人形がついたキーホルダーを見せた。頭から細いチェーンが出ていて、その先には何もついていない。

「先生、俺は見たぜ。クラトの旦那は落ちていたそれを拾って、返してやろうとしてただけだ」

そう言ったのはコウジだった。

先生はクラトからキーホルダーを受け取ると仔細《しさい》に見だした。チェーンの先にはそれを鞄などに取り付けるための輪っかがついているはずで、それがないということは、クラトがそれを引き千切ったか、もしくは、自然に取れたのだ。

「かえしてー」

とユイが泣きながら先生に訴える。コバヤシ先生は、出来るだけ笑顔を作ってそれをユイに返した。ユイは泣き止まない。

野次馬たちに解散を指示し、ぐずるユイを教室の隅に連れて行った。いつもユイの面倒をみている女児たちが、ユイの周りに集まる。

オレもそこに行きたかったけど、行くと気持ち悪がられるから、じっとしていた。

先生はクラトのところに行った。クラトは半べそで先生を睨んでいる。クラトの兵隊たちはとばっちりを恐れてか離れたところに固まっていた。

「いったい何が起きたんだ?」

オレは、いつの間にか傍らにいたキミエに言った。

「さあね、クラトがユイをいじめたんでしょ?」

オレにはそうは見えなかったが、でも、やっぱりそういうことなのかな。

「なんでそんなことするんだよ?」

「いじめっ子だからよ」

「そうか」

オレは納得がいかなかったが、クラトがいじめっ子でいてくれることはなんとなく好ましいことに思えたので、そういうことにしておいた。

クラトは悔しそうに泣きながら、ユイを指差してコバヤシ先生に何事か訴えていた。

その声はオレの耳には入ってこなかった。

5

なんとなくオレは毎日が憂鬱だった。園に来ても楽しくない。近頃毎日のように頭痛が痛い。癌が悪くなっているのかもしれない。

それでもキミエと遊んでいる時はましだった。毎日のようにキミエと遊んでいたらクラトにからかわれた。以来、キミエとも遊んでいない。オレは大抵1人でいた。先生が心配そうに寄ってきたりするが、オレはもう先生を信じないぜ。だから1人でサンルームに寝ていた。

「サンルームを独り占めしている子がいる」

誰かが先生に密告し、ついに先生が動き出し、オレはサンルームをも追われることになった。

なんたる理不尽。どうせ誰も使ってないからオレが使ってたのに。

オレを密告した奴らは、オレがいなくなるとしばらくサンルームを使っていたが、サンルームは全然楽しくないから、すぐに飽きてまた無人になった。それでオレが使おうと思うと、怒り狂ってオレを追い出すのだ。

結局サンルームを占拠したのはクラトたちだった。

サンルームにはブチューマンがある。クラトはその呪われた兵器を手中にしたのだった。もうオレにはどうでもいい。

クラト王朝はオレのことなぞ眼中にも無い様子で栄華を極めていた。

悲しくてオレは1人、蟻を殺している。オレも死ぬのだ。

向こうのブランコの端にキミエが座っている。キミエは結構いつも1人だ。目が合った。口が半開きで目が真っ黒でお互い埴輪みたいな顔をしているぜ。

オレはコウジのことを考える。泣きそうになるからやめた。

「何してるの？」

いつの間にかキミエがオレの隣にいる。

「お前と遊ぶとエロいって言われるから、遊ばない」

「あたしだって遊びたくないわ、あなたなんかと」

オレは花壇に寄りかかり、胡坐をかいて座っていた。

キミエは花壇に腰掛けている。

オレたちは園庭ではしゃぐ園児たちを見ている。

「お前は、そうやってすぐに意地悪を言うからみんなと仲良く出来ないんじゃないか？」

オレは親切心からそんなことを言った。

「いいのよ、あたしは。仲良くなっても辛いだけだもん」

「何それ？　かっこいいこと言うなよな」

「なんでよ」

「かっこいいことはオレが言いたいから」

オレはそう言って、また下を向いた。

「あなたは、すぐに拗ねて意地を張るからみんなから孤立するのよ」

キミエはオレへの反抗心からそんなことを言ったのだ。小さなやつめ。オレは頭痛で怒る気も起きない。

「あなた、コウジに謝ってまた仲間になってもらえば良いじゃない」

「無理さ」

「なぜ?」

「コウジはクラトの兵隊になったんだ」

「あら、そんな話聞いてないけど?」

「だってそうだろ?」

オレは園庭の方を見た。向こう端の鉄棒のところにクラトたちがいて、コウジはそこにいて笑っている。

「彼、上手くいっていないみたいよ」

キミエの言葉を聞いて、少し嬉しく感じてしまう自分を情けなく思った。

「馴染むまでに時間がかかる」

「そういう問題じゃないみたい」

「どういう問題だ？」

「さあ？　でも居心地は良くないみたいよ」

「そりゃそうだろう、敵方に寝返ったんだからな」

言葉にすると、コウジへの怒りが表に引っ張り出てきてしまう。怒っているわけじゃないんだ。これはなんだろう？　良くわからない感情だ。

「オレは死ぬんだ、クラトについたほうが良い」

「本当に死ぬの？」

「だって癌だから」

「本当に？　見せて？」

「見せられないよ、脳みそだから」

「耳から見えるのよ」

「嘘だ」

「耳ってぐちゃぐちゃした形してるでしょ？」

「うん」

「それって脳みそがはみ出してるからなのよ、パパが言ってた」

「え、そうなの？」

オレは耳を触ってみる。確かに、そう言われるとそんな気もする。

「見せて」

オレは耳をキミエの方に向ける。

キミエはお尻をずらしてオレの横に来ると、オレの耳を上から覗き込んだ。

「見える？」

「うーん、暗くてわかんない」

キミエはオレの耳に目をくっつける。まつ毛が耳に当たってくすぐったい。

「うわ、やめれ」

オレは叫んでキミエから離れた。

「なんでよ？」

「くすぐったい」

「もう少しで見えそうだったのに」

「見ても、お医者じゃないから、治せないだろ」

「うん、そうだけど」

オレたちは黙って座っている。

「お前、次の遠足の時、一緒にご飯食べない？」

自分でもなんでそんなこと言ったのかわからない。

キミエは驚いたようにオレを見た。

「いやならいいんだけど」

キミエは下を見ている。なんだこれは？　何かを失敗したのだろうか。喉の奥の辺りが苦しい。どうしよう。何か言わなければ。

「いいわね」

キミエが言った。どういうこと？

「いいわね？」

「うん。いい」

「え、じゃあオレと一緒に食べるってこと？」

「うん、そうしたいけど」

「そうしたいけど？」

「あたし、次の遠足の時にはもういないのよ」

「え？　どういうこと？　死ぬの？」

「引っ越すの」

「引っ越し？」

「どういう意味だ？」

「引っ越しよ、知らないの」

「なんだよそれ」

「家を変えるの」

「なんで？」

「お父さんが仕事で埼玉に行くのよ」

「埼玉って、埼玉のおばちゃんがいるところ？」

「え？」

「埼玉のおばちゃんていうのがいて、その人は埼玉に住んでるから、オレ埼玉知ってるぜ」

「どんなところ？」

「ザリガニがいる」

「他には？」

「フナ」

「フナ？」

「生臭くて食べれない魚、速い」

「そう」

「埼玉に行くのが引っ越し？」

「ええ、そうよ」

「埼玉は遠いぜ、オレは埼玉のおばちゃん家《ち》に行く時、遠すぎて泣いたことがある。ずっと昔だけどね」

「そう」

「ムラサキチームじゃなくなっちゃうの？」

「幼稚園変わるのよ」

「え」

「別の幼稚園に行くの、埼玉の」

「埼玉の？」

「そう」

知らなかった。キミエは幼稚園を出て行くのか。

「なんで？」

「だから引っ越すから、引っ越したらもう会えないから」

オレには意味がわからなかった。もう会えない。なぜだ。オレたちは生きているのに。まだ、生きて5年くらいしかたっていないのに。

「お父さんに言ってやめてもらえないの？」

「そうね」

「オレのパパは社長だから、なんかしてくれるかもしれないぜ」

「あたしのお父さんは社員だもん」

「うん、だからウチのパパに言って上手く、そしたらウチのパパの工場で働いたらいいんじゃないか、キミエのお父さんがパパの工場で働けば引っ越さなくてすむだろう」

「うん、でも、本当は言っちゃいけないんだけど、ウチのお父さんとお母さん離婚するの」

「離婚？　え、じゃあ、引っ越しは嘘？」

「あなた無知ね」

「無知じゃねえよ。無知ってなんだよ？」

オレは頭にきて言った。キミエは面倒くさそうに、オレを無視する形で話を続ける。

「引っ越しはするわ、でも理由が嘘だったの。よくわからないけど、お父さんとお母さん離れて暮らすの。だからあたしはお母さんについてお母さんのお家に住むの」

「話が飲み込めねえんだがな、詳しく話してくれ」

「詳しく話してあげたでしょ。バカは嫌いよ」

「オレもだけど、バカは嫌いだけど」

視界の端で何かが鋭く動いた。クラトがこちらを指さして兵隊たちに何か言っている。兵隊たちは笑う。コウジもニヤニヤしていた。

「大方、またあたしたちがイチャイチャしてるとか、言ってるんでしょ」

「イチャイチャしてたの？」

「知らないわよ」

「お前、向こう行かなくていいの？」

「なんで？　いやなら行くけど」

「いや、オレはもう別にどうでもいいけど、お前また女の子たちに嫌われるぞ」

「大丈夫よ、あなた女子に人気ないから」

「え？」

それは衝撃的な事実だった。オレは別に女なんてどうでもいいけど、人気あると思っていたから、衝撃的だった。

「それにあたし、別に嫌われても平気だから」

キミエが立ち上がる。

「え、オレが女子に人気ないってどういうこと？」

キミエはオレを見下ろしていた。

＊　＊　＊

昼ご飯が終わり、お遊戯の時間になって、オレはまた1人になった。

サンルームにはクラトたちがいて、そこにコウジもカネダもいた。通り過ぎていくとき、2人はオレを見たような気がしたけど、オレはそっちを見なかった。

早くママが迎えにくる時間にならないかな。花壇のところに座っていたら、コウジの叫び声が聞こえた。

「楽しそうにしてやがる」

オレにはもう関係ない。

オレは手を組んでそれを枕にすると花壇の横の地面に寝転んだ。

けたたましい足音が近づいてきてそちらを見ると、キミエが走ってきた。

「あんた」

「どうした?」

「コウジがやられたわ」

「え?」

オレとキミエは園舎の中に走り込む。何があったんだ。

1階と2階を繋ぐ階段の踊り場に、ボロボロになったコウジが倒れていた。

「おい、何があったんだ?」

オレは駆け寄るとコウジを抱きかかえた。

「よお大将、久しぶりだな」

「どうした何があったんだ?」

「オリャあもう駄目だ。オリャあブチューマンにされちまった」

「おいコウジ、気をしっかり持てコウジ。お前、ブチューマンの刑にあったのか?」

「ああ」

「あいつら、なんでこんなむごいことを」

「オイラが邪魔だったんだろう」

「邪魔？」

「オイラはあんたの兵隊だからな」

「でも、お前、クラトの兵隊になったんじゃないのかい？」

「オイラはやつの兵隊にはならなかったのさ」

「兵隊でもないのに、クラトと一緒にいたと言うの？」

心配そうな顔で見下ろしていたキミエが口を挟んだ。

「ああ、それが気に入らなかったんだろうぜ」

コウジは自嘲気味に笑う。

「お前」

オレは、コウジの心意気に感動を隠せなかった。

「大将、すまなかったな」

「いいんだ、いいんだコウジ」

オレの言葉を聞くとコウジは力なく微笑んだ。

「あんたの兵隊でいられて楽しかったぜ」

「おのれクラト、コウジにブチューマンでブチューさせやがって、許せねえ」

オレは立ち上がる。

「大将、何する気だ？」

オレはコウジを見た。

「やめときなさいよ。クラトには勝てないわ、わかってるじゃない」

「もう勝ち負けの問題じゃないのさ」

オレはコウジを寝かせた。

クラト、貴様の唇にブチューマンでブチューさせてやる。

走って階段を上った。

階段の上では男が待ち構えていた。

「やっぱり、来ちゃったんだね」

「お前は？」

そこにはカネダが立っていた。カネダは両手を強く握り、腕と足の関節をピンと伸ばすようにしている。オレを見下ろす目は涙に潤んでいた。鼻で強く息している。

「やれって言われたんだ」

「え？」

階段を落ちるように下りてくる、オレに体当たりした。オレは咄嗟に身体を捻って避けようとするが、間に合わない。何が起こったんだ？　それを理解する前にひどい痛みがやってきた。そこで初めて自分の状況を理解する。

カネダに突き飛ばされ踊り場の壁に激突して腹の空気を吐き出した。そのまま壁に押し付けられている。

くそ、何も出来ない。

カネダはでかい。気が小さいから弱いだけで、本当は多分園で一番強いのはカネダかもしれない。オレは負けるのか。

と、啜り泣きが聞こえる。

「おれ、やりたくないんだよこんなこと」

カネダが泣いているのだ。

「おい」

オレは気力を振り絞って声を出した。

「お前の負けだカネダ」

「え？」

「オレはお前をやっつけることが出来る」

「え？　なんで？」

「でも、お前をやっつけたくはないんだ。お前は友達だから」

オレは壁に押し付けられ、呼吸もままならなかった。

「でも、だって、タカシくんはここから抜け出すことも出来ないじゃないか」

「出来ないんじゃない、しないんだよカネダ。ここから抜け出したらお前の耳に噛み付いて、千切り取ってしまうからな」

カネダはオレへの圧を緩め、耳を押さえた。

「でも、やらないと、クラトくんにやられる」

カネダはオレから離れ、下を向く。

「オレがクラトをやる、大丈夫だ」

「嘘だ、クラトくんには勝てない」

「なんで？」

「え、だって、クラトの方が強いでしょ？」

「強いよ」

「じゃあ、勝てないよ」

「なあ、オレより、お前の方が強いんだよ。だって、こうやってお前はオレを押し付けただろ？」

「うん」

「でも、最終的に勝ったのはどっちだ？」

「おれ？」

「いいや、オレだ。なぜならオレは目的を達成したからだ」

オレはそう言って階段を上った。

「どういうこと？」

「オレは階段を上りたかった、お前はそれを阻止するつもりだった。出来なかっただろ？」

オレは階段を上り、二階に至る。カネダは踊り場からオレを見上げていた。

「カネダ思い出せ、お前の友達はクラトか？　違うだろ？　クラトにラブラブシールを取られたとき、助けたのは誰だ？」

「でも、あれは、おれの間違いだったから」

「いや、あれをやったのはクラトだった、少なくともあの時点では。いいな？　クラトにやられたとき守ってやったのはオレだ。お前はそれを忘れているのだ。そうだよな？」

オレは強い口調で言う。そうすれば大抵のことは通るのだ。

カネダは納得がいかなそうな顔をしていたが、オレがあまりにも自信満々に言うので、もしかすると自分が間違っているのかもしれないと考えて、うやむやに頷いた。

「よし、行くぞ」

「どこに?」

「一緒にクラトをやる」

「え?」

「お前はシュートたち3人をやれ、オレはクラトをやる」

はっきり言ってクラト1人より、シュートたち3人とやる方が大変だ。でも、なんとなくクラトをやる方が大変なように思わせることに成功した。

有無を言わさず歩き出すと、カネダは納得のいかない顔でオレについてきた。

シュートたちはサンルームに居た。

「クラトはどこだ?」

「知らねえな」

シュートが高い声で答える。

「クラトの腰巾着のお前がやつの居所を知らないわけがないだろう」

オレは大きな声を出した。

「腰巾着?」

シュートは腰巾着を知らないみたいだ。オレも知らないが、なんとなく想像はつくぞ。

「ウエストポーチみたいなやつのことだ」

「俺がクラトのウエストポーチってどういうことだ?」

「どういうことだと思う?」

オレは逆に聞き返す。シュートと他のクラトの兵隊たちはしばし考えた。ジュンが答える。「便利ってこと?」

「そういうことだ」

オレはジュンを褒めるようにそう言った。

「便利だからなんだと言うんだ」

シュートが叫ぶ。確かにそうだ。なんでオレはそんなことを言ったんだっけ?

「ええい、うるさい、行けカネダ」

オレが叫ぶとカネダは一歩前に飛び出したが、そこで躊躇して立ち止まる。

「おいカネダ、俺に逆らうとブチューマンの刑にするぞ」

シュートは箱からブチューマンを取り出すと、カネダの方に突き出した。

ブチューマンの醜い顔がカネダに迫る。

今だ。オレはカネダの横あいから飛び出すと、ブチューマンを摑む。慌てたシュートはブチューマンを強く握った。オレはシュートの脇の下に手を入れる、シュートは脇を守ろうとブチューマンから手を離した。その利那、オレはシュートの後ろに回り、左腕をシュートの首に巻きつけると、右手に持ったブチューマンを高々と掲げた。

「トゥットゥ、トゥットゥットゥットゥー、トゥットゥットゥットゥー」

オレは高らかにブチューマンの歌を歌いながら、そこに居るみんなに見えるように身体を開き、ゆっくりとシュートの唇めがけて、ブチューマンの唇を近づけていった。

「やめろー、やめてくれー」

シュートが叫ぶ。

「トゥットゥ、トゥットゥットゥットゥー、トゥットゥットゥットゥットゥー」

オレはゆっくり唇を近づける。皆が固睡を呑んで見ている。

シュートは唇を丸めて、無理やり口の中にしまう。唸る。

「ぬー、むー」

オレはかまわず、ブチューマンの唇をシュートに近づけた。

「思い知れー、ブチュー」

わー、と歓声とも悲鳴とも知れぬ声をあげるクラトの兵隊たち。ブチューマンの赤い唇はシュートの口を全て被った。

「わー、ブチューしたー」

オレは勝どきを上げる。

シュートはオレの腕から逃れ、口を手で拭いながら半狂乱になって泣き叫んでいる。

「シュートのエロー、ブチューマン」

オレは力の限り叫ぶ。

シュートは嗚咽を漏らし、床にのたうつのだった。

「なんじゃい」

教室の扉が開き、怒声が聞こえる。

やっとおでましか。

クラトが立っていた。

「お前さんの兵隊はブチューマンにブチューしたぜ」

「貴様、何さらすんじゃァー」

クラトが叫ぶ。

「お前がコウジにしたことを思い出せー」

オレも叫んだ。

クラトは考えてから答える。

「オレが何したって言うんじゃい」

「貴様、シラを切りやがって、胸に手を当ててもう一度考えてみろ」

クラトは胸に手を当てて考える。

「思い当たるふしがないわい」

「バカー」

「バカだと?」

「バカじゃないか、忘れちゃって」

「忘れてない」

「なんだこの野郎」

オレは身体を低くしてクラトに飛びかかる体勢を整えた。

「待ちな、大将」

「コウジ？」

コウジが階段のところから這い出てくる。

「どうした？」

「オレにブチューマンの刑をしたのはクラトじゃない、シュートだ」

「え？　だってお前、クラトにやられたって言ったじゃないか」

「言ってない」

コウジは言い切った。

「ほら」

クラトが叫ぶ。

この件に関してクラトは悪くないのだろう。多分、シュートがコウジに嫉妬して余計なことをしたに違いない。オレにはわかる。だけどオレは矛《ほこ》を収める気はねえぜ。

「でもお前、ユイをいじめたじゃねえか」

「いじめてねえ」

「嘘つき」

「あの子は病気だから、かわいそうだから」

「ユイは病気なんかじゃない」

「病気だぞ、脳みその病気だから、普通じゃないんだ」

「違う違う違う違う違う」

10回くらい言えば、違うことになる。ユイは病気なんかじゃない。

「脳みそが癌なのはオレだ。ユイは普通だ」

クラトに飛びかかる。クラトはオレの怒りの理由がわからず、オレすらオレの怒りの意味がわからない。でも許せない、オレはクラトに摑みかかった。完全に気圧されたクラトはどっと倒れてオレの下敷きになった。倒れざまに後頭部を打ったみたいで、暴れている。

「ブチュー、ブチュー」

オレは何度もクラトにブチューマンの刑を食らわせた。クラトは最初何が起きたのかわからなかったのか、きょとんとした顔をしていたが、すぐに事態を理解し、暴れ泣き出した。

「お前はブチューマンだ」

オレは叫んだ。クラトは戦意を失い、泣いていた。

泣きそうだ、オレも。なぜかわからない。

オレは走り出した。階段を下りるとき、転びそうになる。転んでも良いと思ったら凄い速さで下りられた。靴も履かない。そのまま、園庭に走り出た。

誰もオレに気付かない。楽しそうに遊んでいる。

苦しくて息が出来ない。もう走れない。オレは走った。

いやだいやだいやだいやだいやだいやだいやだいやだいやだ

解説

森山直太朗
（シンガーソングライター）

前田司郎君の『園児の血』を読んだ。馴染みの喫茶店で。それもひといきで。二つの中短編小説で構成され、どちらも幼少期における生々しい感情の機微やそのトラウマを筆者ならではの主観と客観を傍観するような眼差しで描かれたそれはもうおかしみと悲しみに満ちた作品であった。一つめの「道徳の時間」は小学五年生という子供から大人へと移ろって行く中で起こる自意識の変身が詳《つまび》かにかつフィジカル的な観点から筆圧濃く書かれ、二つめの「園児の血」はまだ幼い子どもらの正義と苦悩をさしずめ西部劇のような世界観で一筆書きのように仕上げられていた。

実際、活字に対して苦手意識のある自分でも最後まで気楽に夢中になれ、程よく読み応えがあり、あくまで個人的な感触として読み手に「不遜《ふそん》なプレッシャー」を与えない正に私の好きな前田司郎の世界であった。

読んでいる最中終始無意識に感じていることがあってそれは、

「俺はさっきからずっと何を見せられているんだ」

　という一見すると身も蓋もないようなほのかな疑念だった。誤解を恐れながら言うと小生は五反田団や前田氏が作る舞台や映画に心惹かれるかねてからの愛好者であり毎正月に行われる工場見学会もダメよダメよと思いながら観に行ってしまういわゆる前田性ウィルスに犯された中毒患者のひとりである。舞台はもちろんのこと、彼の撮る映画や書き物さまざまな作品から受ける「まだ開拓され切っていない感覚に対してのイジり」に分かっちゃいながら毎度してやられてしまうのだ。小説においてもその「何を見せられているんだ感」は健在で、文字になるとなおの事その自由度や選りすぐられた言葉の輪郭の強さを感じたし、より彼のパーソナルな「ほのぼのとした闇」の一端を垣間見れ、いつもよりちょっとだけ作品や彼自身を近くに感じた気さえした。演劇や芝居は作者の構想を舞台という空間、役者の思考やフィジカルに落とし込む手間があり、それが主に演出という作業と呼ばれるものである。そこには良くも悪くも自分と他人との間に認識の差異があり、それが演出の想像を超える化学反応を起こしたり、残念ながらイメージに届かなかったりもする。いずれにせよ彼のホームグラウンドであるアトリエへリコプターが持つ芝居小屋としての特性や縛り、他者としての役者の感性や成長の具合が少なからず〝作品の出来〟に作用する。

書き物になるとその他者との認識の差異や空間的縛りのようなものがない分、前田君の実体験と空想の世界は荒唐無稽かつやりたい放題の小宇宙（コスモ）と化す。あるとすれば筆者本人との問答やその自分に対しての自己演出だ。際限がない分より「実際さっきからずっと俺は何を見せられているんだ」というゆるやかなツッコミが読み進めて行くにつれ不思議な共感に繋《つな》がり私の凝り固まった思考回路の通路を弛緩《しかん》させていく。さっきまであれだけ耳に障っていた喫茶店の喧騒《けんそう》はミュートされ、いつからか本と私、文字と感受性だけの関係になっていた。これは想像だが書いている本人さえも「俺はさっきからずっと何書いてるんだろう」という程よい罪悪感とオルガズムを感じていたのではないだろうか。

余談にもならないが、彼が少年時代「クラス」というある種の社会の縮図みたいな無法地帯で行き交う同年代のやり取りや先生達の所作をどれだけ達観した場所から眺めていたのかというリアルも窺《うかが》えた。ある意味言葉で感情や感覚の全てを具現化出来ない子供にとってそのフラストレーションからとってしまう残酷な行動はトラウマとなって実社会の教訓となる。ただ性的にも魂的にもそれが極めて人間的であり、生き物として無いものにしてしまうのは改めて大人になり分別をつけていく成長の過程の中でそれぞれの個性や感性を損なう恐れさえあるのだと強く感じる。その時代に摑《つか》みきれなかった普遍的なジレンマを筆者は大人になって見事なまでの生々しさで描いている。それを証拠に私の肛門《こうもん》と在りし日の心はズキズキとあの日の痛みと共に疼《うず》いていたし、あの頃理解できていなかった性的興奮の源泉に確かに触れることができた。そのことに私はシンプルに感動した。

まがりなりにも言葉を発することや、声の仕事をする私にとって彼から生まれる登場人物より発せられるセリフの数々はまるで懐かしい音楽のように脳裏を駆け巡った。「道徳の時間」での文中にある「くっせー」だの「今日はまあまあでした」などの少年少女から繰り出されるキラーワード達はたちまちあの幼少時代の生臭さや、無意識に感じていた羞恥心、心の憤りなどさまざまな感情を呼び起こした。この一語一語の選定の機微に彼の単なる小説家だけではない脚本家としてのセールスポイントが否応《いやおう》なく、遺憾なく発揮されている。自分の拙い演劇的認識において紛れもなく彼は口語調文体の先駆者でもある（彼はどう認識しているか知らないが）わけで役者でもありお互いの共通の友人の黒田大輔《くろだだいすけ》氏から聞いた話だと、演劇の脚本においても、明らかに役者が独断で表現していそうなニュアンシブな語彙でさえ、例えばそれが「っ」とか「ふ」とかそんな些細《ささい》な文字が台本上に細かく書き表されているのだという。正確な情報としての言葉ではなく、生きた感情として発せられた「音」で行間を表して行く正に前田作品の真骨頂である。

また作品の節々でまるで彼が古くからの友達のように問いかけてくれるようなそんな感覚も覚えた。「園児の血」では時折、登場人物の斜め後ろから顔を出しモノの真理を説くような、飲み屋で飲んだ最後の方で誰かが呟《つぶや》くようなことを誰も聞いていないタイミングでボソッとつくような役を超えた言葉がちりばめられていた。大方子供時代はヒーローものテレビ番組やアニメを観《み》る。自《おの》ずとその大人びた会話やセリフを真似《まね》たりして自己表現を覚えていく。だから唐突にキザなのだ。突然カッコつけたり無作為に自らをヒーローに変換出来てしまう。そういう幼児性は四十四歳になった今でもこのボディーに脈々と残っている。ただ発表する場がない分、その消化されない感情は「私だけの純情」フォルダに分別されたまま蓄積されて行く。その半ばゴミ寸前の思いにこそ自分のアイデンティティがあり、表現体としての無垢《むく》な衝動を内包している。彼はそのことを園児に化けて優しく語りかけてくれている。「このフィールで人生をたまに遊ぼうよ」と。

この物語が私の中にある解明しきれなかった子供時代の心のわだかまりや説明しきれない行動の数々を大方明白なものにしてくれたことに個人的な感謝の意を表すると同時に長年の活字に対する少なからずの恐怖心を払拭してもらえたこと、それが単なる「言い訳」だったことを教えてくれたこの作品を自分と同じような思い込みに苦しんでいる人に贈りたい。もしもこの書を本屋でうっかり立ち読みし、あとがきみたいなものを眺めているあなたが仮に購入を迷っているなら、ぜひ手に取りレジに向かって欲しい。そしてこの本を店員さんに渡して欲しい。この作品があなたの期待を裏切りその想像を遥《はる》かに上回る創造物であることは言うまでもなく明らかであるし、あなたのその行為がその本屋と前田君の活動に幾ばくかの経済的効果をもたらすことにもなる。何よりそれを推奨するのがこのあとがきに関しての私の役目なのだとしたら良いことしか起こらない。

単行本　二〇一六年六月　キノブックス刊
（『道徳の時間／園児の血』から改題）

本作品はフィクションであり、登場する人物、団体、組織その他は実在のものと一切関係ありません。（編集部）

実業之日本社文庫　最新刊

赤川次郎
忘れられた花嫁
結婚式直前に花嫁が失踪。控室では、その花嫁が着るはずだったウエディングドレスを着て見知らぬ女性が死んでいた!? 事件の真相に女子大生の明子が迫る!
あ120

天野千尋
ミセス・ノイズィ
「騒音」をめぐって隣人同士の対立が激化、SNSで炎上する様をコミカルかつシニカルに描き、各界著名人が絶賛する話題の映画を、監督自らノベライズ!
あ251

風野真知雄
葛飾北斎殺人事件　歴史探偵・月村弘平の事件簿
天才絵師・葛飾北斎ゆかりの場所で相次いで死体が発見された。名画が謎を呼ぶ連続殺人の真相は!? ご先祖が八丁堀同心の歴史探偵・月村弘平が解き明かす!
か19

近衛龍春
奥州戦国に相《そう》馬《ま》奔《はし》る
政宗にも、家康にも、大津波にも負けない! 戦国時代を駆け抜け、故郷を再び立ち直らせた、みちのくの名門・相馬家の不屈の戦いを描く歴史巨編!
こ61

渋沢秀雄
父　渋沢栄一
江戸から昭和へと四つの時代を駆け抜けた経済人、渋沢栄一。息子の視点から描かれる彼の素顔とは? 多くの功績を残した栄一の生涯を俯瞰する、随一の伝記。
し71

鳴海　章
相勤者　浅草機動捜査隊
東京下町にある老舗暴力団の若き三代目は老人介護ビジネスに参入していたが、そこには裏の目的が!? ベテラン刑事・辰見が立ち向かう事件とは!?
な212

実業之日本社文庫　最新刊

馳 星周
神《カムイ》の涙
アイヌの木彫り作家と孫娘の家に、若い男が訪ねてきた。男には明かせない過去があった。著者が故郷・北海道を舞台に描いた感涙の新家族小説！（解説・唯川恵）
は101

葉月奏太
癒しの湯　若女将のおもてなし
雪深い山中で車が動かなくなったとき、助けてくれたのは美しい若女将。男湯に彼女が現れ……。心と身体が蕩ける極上の宿へようこそ。ほっこり官能の傑作！
は610

前田司郎
園児の血
孤高の幼稚園児タカシは、仲間と共に園内の権力者クラトに闘いを挑む……！　鬼才・前田司郎による、恐るべき子供の世界を描いた2編。（解説・森山直太朗）
ま41

南 英男
警視庁極秘指令
柔肌を狩る連続猟奇殺人の真相を暴け！　初動捜査で解決できない難事件に四人の異端児刑事が集結。極秘捜査班の奮闘を描くハードサスペンス、出動！
み717

谷崎潤一郎、吉行淳之介ほか
猫は神さまの贈り物〈エッセイ編〉
猫との日常には、いつも新たな発見がある。文豪たちが描く、ほほえましく、時に笑ってしまうような猫の生態を味わうエッセイ集。（解説・角田光代）
ん92

実業之日本社文庫　好評既刊

赤川次郎
死者におくる入院案内

殺して、隠して、騙して、消して——悪は死んでも治らない？「名医」赤川次郎がおくる、劇薬級ブラックユーモア！　傑作ミステリ短編集。（解説・杉江松恋）

あ1 8

赤川次郎
明日に手紙を

欠陥のある洗濯機で、女性が感電死。製造元のK電機工業は世間から非難を浴びる。そんな悪い状況から抜け出すため、捏造した手紙を出す計画を提案する…。

あ1 16

赤川次郎
綱わたりの花嫁

結婚式から花嫁が誘拐された。しかし、攫われたのは花嫁のふりをしていたアルバイトだった!?　シリーズ第30弾、長編ユーモアミステリー（解説・青木千恵）

あ1 17

明野照葉
感染夢

ベストセラー『契約』の著者の原点となる名作、待望の文庫化！　人から人、夢から夢へ恨みが伝染する——戦慄の傑作ホラー。（解説・香山二三郎）

あ2 2

有栖川有栖
ジュリエットの悲鳴

密室、アリバイ、どんでん返し……。有栖川有栖から読者諸君へ、12の挑戦状をおくる！　驚愕と哄い溢れる傑作&異色ミステリ短編集。（解説・井上雅彦）

あ15 2

実業之日本社文庫　好評既刊

秋吉理香子
婚活中毒
この人となら——と思った瞬間、あなたは既に騙されている！　人生はどんでん返しの連続。幸福を願うすべての人へ贈る婚活ミステリー。（解説・大矢博子）
あ23 1

安生 正
襲撃犯
碓氷峠で自衛隊の運搬車が襲撃された。自衛官惨殺、プルトニウム燃料強奪。鮮やかな手口だ。自衛隊崩壊の危機に、不器用な男たちが、愚直に真実を追う！
あ24 1

五十嵐貴久
年下の男の子
37歳、独身OLのわたし。23歳、契約社員の彼。14歳差のふたりの恋はどうなるの？　ハートウォーミング・ラブストーリーの傑作！（解説・大浪由華子）
い3 1

五十嵐貴久
学園天国
新婚教師♀と高校生♂はヒミツの夫婦!?　平和な学園生活に忍び寄る闇にドタバタコンビが立ち向かう。懐かしくて新しい！　痛快コメディ。（解説・青木千恵）
い3 4

五十嵐貴久
あの子が結婚するなんて
突如親友の結婚式の盛り上げ役に任命？　複雑な心境で準備をはじめるが、新郎の付添人に惹かれてしまい——!?　アラサー女子の心情を描く、痛快コメディ！
い3 5

実業之日本社文庫　好評既刊

石持浅海
攪乱者
レモン3個で政権を転覆せよ——昼は市民、夜はテロ組織となるメンバーに指令を下す組織の正体とは？　本格推理とテロリズムの融合。（解説・宇田川拓也）
い71

池井戸 潤
不祥事
痛快すぎる女子銀行員・花咲舞が様々なトラブルを解決に導き、腐った銀行を叩き直す！　テレビドラマ「花咲舞が黙ってない」原作。（解説・加藤正俊）
い112

池井戸 潤
仇敵
不祥事を追及して職を追われた元エリート銀行員・恋窪商太郎。彼の前に退職のきっかけとなった仇敵が現れた時、人生のリベンジが始まる！（解説・霜月 蒼）
い113

伊坂幸太郎
砂漠
この一冊で世界が変わる、かもしれない。一瞬で過ぎる学生時代の瑞々しさと切なさを描いた一生モノの傑作長編！　小社文庫限定の書き下ろしあとがき収録。
い121

浦賀和宏
カインの子どもたち
「死刑囚の孫」という共通点を持つ立石アキとジャーナリストの泉堂莉菜は、祖父らの真実を追うためにある調査に乗り出した——。書き下ろしミステリー。
う51

実業之日本社文庫　好評既刊

植田文博
99の羊と20000の殺人
寝たきりで入院中の息子の病名を調べてほしい――。凸凹コンビの元に、依頼が舞い込んだ。奇病の謎を追う、どんでん返し医療ミステリー。衝撃の真実とは⁉
う61

小川勝己
ゴンベン
ゴンベンとは警察用語で「詐欺」のこと。負け組人生から脱するため、サークルのノリでカモを騙す計画を練る学生詐欺グループの運命は⁉（解説・杉江松恋）
お31

沖田正午
お家あげます
一度会っただけの女性から、富士山麓の一軒家を無料でもらってほしいと頼まれた夫婦。おいしい話のはずが、トラブル続出で…笑いと涙の〈人生の備え〉小説。
お61

大山誠一郎
アリバイ崩し承ります
美谷時計店には「アリバイ崩し承ります」という貼り紙がある。店主の美谷時乃は、7つの事件や謎を解決できるのか⁉（解説・乾くるみ）
お81

川端裕人
算数宇宙の冒険　アリスメトリック！
冒険好き小学6年生三人組と、町の神社にまつわる虚数空間の謎。算数宇宙杯に出場した彼らの行く手には？　SFミラクルストーリー。（監修・柏野雄太）
か31

実業之日本社文庫　好評既刊

加藤実秋
さくらだもん! 警視庁窓際捜査班
桜田門=警視庁に勤める事務員・さくらちゃんがエリート刑事が持ち込む怪事件を次々に解決! 安楽椅子探偵にニューヒロイン誕生。
か61

加藤実秋
桜田門のさくらちゃん 警視庁窓際捜査班
警視庁に勤める久米川さくらは、落ちこぼれの事務職員でありながら難事件を解決する陰の立役者だった。エリート刑事・元加治との凸凹コンビで真相を摑め!
か62

北上秋彦
現場痕《げんじょうこん》
交通事故に見せかけた殺人、保険金奪取を目論んだ偽装事故等、不審な事故の真相を元刑事の保険屋が炙り出す傑作ミステリー!(解説・香山二三郎)
き31

窪 美澄/瀧羽麻子/吉野万理子/加藤千恵/彩瀬まる/柚木麻子
あのころの、
あのころ特有の夢、とまどい、そして別れ……。要注目の女性作家6名が女子高校生の心模様を鮮烈に紡ぎ出す、文庫オリジナルアンソロジー。
く21

黒田研二
クレイジー・クレーマー
クレーマーとの対立は日々激化、ついに殺人事件に!? 衝撃のラストまで一気読み! 騙しのテクニックを駆使した大どんでん返しミステリー!(解説・東川篤哉)
く31

実業之日本社文庫　好評既刊

熊谷達也
オヤジ・エイジ・ロックンロール
大学時代以来のギターを再開した中年管理職のオヤジにロック魂が甦る――懐かしくも瑞々しいオヤジ青春小説。ロック用語講座も必読！（解説・和久井光司）
く51

熊谷達也
ティーンズ・エッジ・ロックンロール
このまちに初めてのライブハウスをつくろう――。東北の港町で力強く生きる高校生たちの日々が切ないほどに輝く、珠玉のバンド小説！（解説・尾崎世界観）
く52

草凪 優
知らない女が僕の部屋で死んでいた
眼が覚めると、知らない女が自宅のベッドで、死んでいた。女は誰なのか？ 記憶を失った男は、女の正体を探る。怒濤の恋愛サスペンス！（解説・東えりか）
く67

黒野伸一
本日は遺言日和
温泉旅館で始まった「遺言ツアー」は個性派ぞろいの参加者たちのおかげで大騒ぎに…『限界集落株式会社』著者の「終活」小説！（解説・青木千恵）
く71

佐川光晴
鉄道少年
国鉄が健在だった一九八一年。ひとりで電車に乗っている男の子がいた――。家族・青春小説の名手が贈る、謎と希望に満ちた感動物語。（解説・梯 久美子）
さ61

実業之日本社文庫　好評既刊

朱川湊人
遊星小説
怪獣、UFO、幽霊話にしゃべるぬいぐるみ、懐かしき「あの日」を思い出す……。短編の名手が贈る、傑作「超」ショートストーリー集。（解説・小路幸也）
し31

谷郁雄 言葉／リリー・フランキー 写真
無用のかがやき
踏みつぶされたアルミ缶、路上の犬のウンコ、黒板の俳句。都会の片隅で、ふと目にとまった一瞬のかがやきを切り取った幻の写真詩集、待望の文庫化。
た21

田中啓文
こなもん屋うま子
たこ焼き、お好み焼き、うどん、ピザ……大阪のコテコテ&怪しいおかんが絶品「こなもん」でお悩み解決！　爆笑と涙の人情ミステリー！（解説・熊谷真菜）
た61

平安寿子
愛にもいろいろありまして
王道からちょっぴりずれた〝愛〟の形をユーモラスに描く傑作短編集。「モテない…」「ふられた！」悩めるあなたに贈ります。あきらめないで、読んでみて！
た82

田丸雅智
ふしぎの旅人
ふしぎな旅の果てにあるのは、楽園、異世界、それとも…？　世界のあちこちで繰り広げられる、旅をテーマにしたショートショート集。（解説・せきしろ）
た101

実業之日本社文庫　好評既刊

知念実希人
仮面病棟
拳銃で撃たれた女を連れて、ピエロ男が病院に籠城。怒濤のドンデン返しの連続。一気読み必至の医療サスペンス、文庫書き下ろし！（解説・法月綸太郎）
ち11

津村記久子
枕元の本棚
絵本、事典、生活実用書、スポーツ評伝、写真集――人気芥川賞作家が独自の感性で選んだ本の魅力を綴る読書エッセイ。〝津村小説ワールド〟の源泉がここに！

つ31

七尾与史
歯科女探偵
スタッフ全員が女性のデンタルオフィスで働く美人歯科医&衛生士が、日常の謎や殺人事件に挑む。現役医師が描く歯科医療ミステリー。（解説・関根亨）
な41

中山七里
嗤う淑女
稀代の悪女、蒲生美智留。類まれな頭脳と美貌で出会う人間すべてを操り、狂わせる――。徹夜確実、怒濤のどんでん返しミステリー！（解説・松田洋子）
な51

名取佐和子
逃がし屋トナカイ
主婦もヤクザもアイドルも、誰でも逃げたい時がある――。「ワケアリ」の方、ぜひご依頼を。注目の気鋭が放つ不器用バディ×ほろ苦ハードボイルド小説！

な61

実業之日本社文庫　好評既刊

新津きよみ
夫以外
亡夫の甥に心ときめく未亡人。趣味の男友達が原因で離婚されたシングルマザー。大人世代の女が過ごす日常に、あざやかな逆転が生じるミステリー全6編。

に51

春口裕子
隣に棲む女
私の胸にはじめて芽生えた「殺意」という感情――生きることに不器用な女の心に潜む悪を巧みに描く、戦慄のサスペンス集。（解説・藤田香織）
は11

原田マハ
総理の夫　First Gentleman　新版
42歳で史上初の女性・最年少総理大臣に就任した妻と、鳥類学者の夫の奮闘の日々を描いた、感動の政界エンタメが装いも新たに登場！（解説・国谷裕子）
は43

東川篤哉
放課後はミステリーとともに
鯉ケ窪学園の放課後は謎の事件でいっぱい。探偵部副部長・霧ケ峰涼のギャグは冴えるが推理は五里霧中。果たして謎を解くのは誰？（解説・三島政幸）
ひ41

真梨幸子
6月31日の同窓会
同窓会の案内状が届くと死ぬ!?　伝統ある女子校・聖蘭学園のOG連続死を調べる弁護士の凜子だが……先読み不能、一気読み必至の長編ミステリー！

ま21

実業之日本社文庫　好評既刊

前川 裕
文豪芥川教授の殺人講座
無双大学文学部教授でミステリー作家でもある芥川竜介。大学内外で起きる事件を迷推理？　現役大学教授作家が贈る異色文学講座&犯罪ミステリー！
ま3 1

モノカキ・アエル
くちぶえカルテット
―これが、私の「音」。声がコンプレックスな少女が、口笛を通して仲間と共に成長する爽やかな青春小説。Vtuber小説家、モノカキ・アエルデビュー作。
も9 1

柚木麻子
王妃の帰還
クラスのトップから陥落した〝王妃〟を元の地位に戻すため、地味女子4人が大奮闘。女子中学生の波乱の日々を描いた青春群像劇。（解説・大矢博子）
ゆ2 1

筒井康隆 原作
筒井漫画瀆本 壱
日本文学界の鬼才・筒井康隆の作品を、17名の漫画家が衝撃コミカライズ！　SF、スラップスティック、不条理……予測不能のツツイ世界!!（解説・藤田直哉）
ん7 3

筒井康隆 原作
筒井漫画瀆本ふたたび
巨匠の奇想を、驚天動地のコミカライズ！　鬼才・筒井康隆による作品に、豪華執筆陣が挑むアンソロジー第2弾。巻末には筒井自身が描いた漫画作品も収録!!
ん7 5

実業之日本社文庫 ま41

園児《えんじ》の血《ち》

2020年12月15日　初版第1刷発行

著　者　前田司郎《まえだしろう》

発行者　岩野裕一
発行所　株式会社実業之日本社
〒107-0062　東京都港区南青山5-4-30
CoSTUME NATIONAL Aoyama Complex 2F
電話［編集］03(6809)0473［販売］03(6809)0495
ホームページ　https://www.j-n.co.jp/

DTP　ラッシュ
印刷所　大日本印刷株式会社
製本所　大日本印刷株式会社

フォーマットデザイン　鈴木正道(Suzuki Design)

＊本書の一部あるいは全部を無断で複写・複製（コピー、スキャン、デジタル化等）・転載することは、法律で認められた場合を除き、禁じられています。
また、購入者以外の第三者による本書のいかなる電子複製も一切認められておりません。
＊落丁・乱丁（ページ順序の間違いや抜け落ち）の場合は、ご面倒でも購入された書店名を明記して、小社販売部あてにお送りください。送料小社負担でお取り替えいたします。
ただし、古書店等で購入したものについてはお取り替えできません。
＊定価はカバーに表示してあります。
＊小社のプライバシーポリシー（個人情報の取り扱い）は上記ホームページをご覧ください。

©Shiro Maeda 2020　Printed in Japan
ISBN978-4-408-55637-6（第二文芸）